Arne Kohlweyer • Ostkind

Arne Kohlweyer

OSTKIND

Roman

PENDRAGON

Samstag, 13. Juni 1992

Dunkel war es, so tief unter Wasser. Kaum Tageslicht drang durch die Meeresoberfläche nach hier unten. Marko konnte gerade noch seine Arme und Hände sehen, die ihm den Weg durch das nasse Ungewisse bahnten. Mehr sah er nicht. Dafür konnte er *es* deutlich hören: Das Singen der Wale.

Angestrengt schaute Marko durch das dicke Glas seiner Taucherbrille. *Zu* deutlich hörte er *es,* um nicht jeden Moment auf einen von ihnen zu stoßen. Und tatsächlich! Im trüben Dunkel schwebte ein riesiger Schatten majestätisch vorüber. Ein Blauwal! Oder doch ein Buckelwal? Bevor Marko erkennen konnte, was genau er da bewunderte, war die Silhouette schon wieder verschwunden. Er versuchte, dem Wal zu folgen, ihm hinterherzuschwimmen … doch vergeblich. Er war fort. Und mit ihm entfernte sich der wundersame Gesang, bis vollkommene Stille einkehrte.

Ein kleiner Fisch schwamm direkt an Markos Augen vorbei. So nah, dass er glaubte, der goldgelbe Guppy wäre auf der Innenseite seiner Taucherbrille gefangen. Doch dann war auch er auf und davon.

Marko fror.

*

Mit seinen Schwimmflossen an den Füßen watete der Junge ans Ufer des kleinen Baggersees. Überall ringsumher ragten Bäume bis ins Wasser hinein, mit Ausnahme des schmalen Sandstrandes.

„Bleib' mal kurz da stehen."

Markos Vater Alfred zückte die Fotokamera mit dem schnappenden Spiegel und zielte auf ihn. Marko hielt die Luft an, während an der Kamera gedreht, geschaltet und herumgestellt wurde. Nur seine Taucherflossen waren noch mit Wasser bedeckt und vor dem pfeifenden Wind geschützt. Von der Sonne war schon seit Tagen nichts zu sehen.

„Mach' hinne, Alfred! Der Junge holt sich ja noch den Tod." Markos Mutter stand am Bildrand, mit einem rauen Handtuch bewaffnet, bereit, ihn damit gnadenlos abzurubbeln.

„Ja doch! Einen Moment noch."

Da war Marion, wie Alfred Markos Mutter mal mehr, mal weniger liebevoll nannte, bereits auf Marko zugestürmt. Wie einen Umhang legte sie ihm das Badetuch über die Schultern und begann ihn abzutrocknen. Seine sieben Jahre und elf Monate ältere Schwester Melanie, die bis dahin abseits gehockt und gelangweilt auf den See hinausgeschaut hatte, erhob sich jetzt und gesellte sich, mit Markos Anziehsachen unterm Arm, zu ihnen.

Da stand er nun. Marko Wedekind. Am Nachmittag seines neunten Geburtstages. Den aktuellen Statistiken über die durchschnittliche Lebenserwartung eines Mannes zufolge hatte er damit drei Sechsundzwanzigstel seines Lebens hinter sich. Das konnte er ausrechnen, obwohl sie erst im nächsten Schuljahr mit der Bruchrechnung anfangen würden. Und trotz dieser drei Sechsundzwanzigstel behandelte ihn jeder wie ein kleines Kind. Vor allem seine Mutter. Diskutieren brachte da nicht viel.

„Ifs kang mis aug …“

Marko nahm den Schnorchel aus dem Mund.

„Ich kann mich auch alleine abtrocknen!“

Seine Mutter zögerte kurz, ganz so, als würde sie ernsthaft in Erwägung ziehen, ihrem Sohn den Rest dieser erniedrigenden Prozedur zu ersparen. Dann warf sie ihm den sandpapierartigen Stoff über den Kopf und rieb Haare und Ohren trocken.

„Na, wie gefällt dir dein Geschenk?“, fragte sie.

„Gut“, drang es unter dem Handtuch hervor.

Und das war nicht gelogen. Die Taucherausrüstung gefiel Marko wirklich. Doch eigentlich hatte er sich ein neues Fahrrad gewünscht. Ein Mountainbike. Oder ein BMX-Rad. So eins, wie es alle in seiner Klasse hatten.

„Ich hab' sogar von Weitem einen Blauwal gesehen!“, berichtete Marko mit einem vom Handtuch verdeckten Strahlen.

Das schien selbst Eindruck auf seine Schwester zu machen. Zum ersten Mal an diesem Nachmittag ergriff sie das Wort.

„Spinner.“

*

Nein, Geburtstage waren in seinem Alter nicht mehr dasselbe wie früher, dachte Marko sich, während die Familie in ihrem senffarbenen Trabant die Landstraße entlangtuckerte. In der Ferne ragten die Neubauten von Hohenschönhausen in den Himmel und im Radio erzählte der Nachrichtensprecher von einer jener Sachen, die Marko nur halb verstand: Der Miss Trauens-Antrag der Op-Po-Sitionsparteien gegen Minister Präsident La-fon-täne war gescheitert … Mhm.

Hinter dem Trabbi bildete sich, wie so häufig auf dieser Straße, eine kleine Schlange großer Autos, die aufgrund des Gegenverkehrs nicht vorbeifahren konnten und hupten. Wie so häufig bat Markos Mutter seinen Vater, das Hupen zu ignorieren und ruhig zu bleiben. Und wie so häufig …

„Na fahr' doch, du Idiot!"

Ein silbergrauer Opel setzte zum Überholen an und zog vorbei. Die ganze Familie wandte die Köpfe, um den drängelnden Fahrer des Kadetts böse anzuschauen.

„So wie der fährt, seh'n wir den eh am nächsten Baum wieder!", schickte Alfred die besten Wünsche hinterher.

Jetzt erzählte der Nachrichtensprecher mal was Interessantes: In Stockholm war die Fußball-Europameisterschaft gestartet. Schweden und Frankreich hätten im Eröffnungsspiel 1:1 unentschieden gespielt. Und am Abend würde die deutsche Mannschaft in ihrem ersten Gruppenspiel auf die gemein-Schaft unabhängiger Staaten treffen.

Marko beobachtete das nächste Auto beim Überholmanöver. In dem weinroten Volvo saß eine vierköpfige Familie – Mutter, Vater und zwei Kinder. Als er genauer hinsah, erkannte er Alfred dort am Steuer des Wagens, das Lenkrad lässig in der linken Hand und den rechten Arm liebevoll um Marion gelegt. Melanie saß auf der Rückbank, hörte Musik und wirkte dabei glücklich und zufrieden. Sein eigenes Volvo-Spiegelbild hingegen schaute spöttisch zum Trabbi hinüber. Die Blicke der beiden Markos trafen sich für den Bruchteil einer Sekunde. Dann war das eckige Schwedenauto nur noch von hinten zu sehen.

Ja, dieser Geburtstag war wirklich anders als die acht davor. Auch wenn Marko sich an seine allerersten Geburtstage nicht erinnern konnte; die letzten Jahre hatte er immer mit seinem besten Freund Martin und seinem zweitbesten Freund Ecki gefeiert. Sie waren zu ihm nach Hause gekommen, wo sie um den Stubentisch Platz nahmen und den Käsekuchen aßen, den seine Mutter ihnen gebacken hatte. Dann packte Marko die mitgebrachten Geschenke aus, bevor Alfred die Jungs bei gutem Wetter zum Baggersee, bei schlechtem Wetter in die Schwimmhalle mit dem Wellenbad oder ins Kino brachte. Doch Martin war vor ein paar Monaten mit seiner Familie nach *Drüben* gezogen. Und seit seinem letzten Brief vor gut sechs fünfsiebtel Wochen hatte Marko nichts von ihm gehört. Bei Ecki lag die Sache anders. Alfred und Onkel Heiner – Eckis Vater – mochten sich nicht mehr. Das hatte irgendwas mit Onkel Heiners Hals zu tun. Aber genau hatte Marko das nicht verstanden. Jedenfalls wirkte sich das neuerdings schwierige Verhältnis der Väter auch auf Markos Freundschaft zu Ecki aus und führte dazu, dass er seinen neunten Geburtstag ohne Freunde verbringen musste.

Auf dem riesigen Parkplatz, inmitten eines noch riesigeren Komplexes von elf- und achtzehngeschossigen Plattenbauten, stellte Alfred den Trabbi zwischen einem blauen Mazda 626 und einem roten Audi 80 ab. Marion klappte ihren Sitz vor, sodass Marko sich hinauszwängen konnte. Gerade, als auch sein Vater den Fahrersitz nach vorne klappen wollte, erschallte hinter ihnen eine Stimme, die Marko gut kannte.

„Ach, sieh an, der Herr Professor", sagte die Stimme, die zu Onkel Heiner gehörte.

Ecki und seine Eltern waren im Begriff, in ihren nagelneuen Passat einzusteigen, den sie sich vor ein paar Wochen gekauft hatten. Feierlich öffnete Eckis Vater die Zentralverriegelung.

„Ein Spaziergang mit motorisierter Gehhilfe?", fragte er in Richtung Alfred.

„Kann sich ja nicht jeder prostituieren, um sich so 'ne Bonzenkarre zu leisten", entgegnete der und Marko überlegte, ob die beiden Männer früher schon andauernd Wörter benutzt hatten, die er nicht kannte.

Tante Sigrid und Markos Mutter nickten sich zu, sagten aber nichts. Ecki schielte zu Marko herüber. Er hob den Arm und winkte ihm zu.

„Hallo Ecki", versuchte Marko völlig normal zu klingen.

„Alles Gute zum Geburtstag ...", gratulierte Ecki pflichtbewusst.

„Danke ..."

„Hast du das Fahrrad bekommen?"

Onkel Heiner schob seinen Sohn zur Hintertür des Passats. Ecki stieg ein, ohne dass dafür irgendetwas umgeklappt werden musste. Melanie saß noch immer auf der Rückbank des Trabbis.

„Papa?"

Endlich betätigte Alfred den Hebel neben dem Fahrersitz und sie konnte herausschlüpfen. Eckis Vater beobachtete das Ganze genüsslich, während er sich lässig an seine geöffnete Fahrertür lehnte.

„Hach, Technik, die begeistert."

„Nun steig schon ein, Heiner!“, meldete sich Eckis Mutter vom Beifahrersitz zu Wort.

„Na dann, Professor, immer schön vorsichtig. Sonst fällt's noch auseinander.“

Eckis Vater ließ seinen Hintern auf den schwarzen Ledersitz gleiten. Er zog die Tür zu, startete den Wagen und fuhr los.

„Blödes Arschloch …“, grummelte Alfred in seinen Bart.

„Alfred! Nicht vor dem Kleinen!“

„Ich bin nich klein!“, stellte Marko klar.

Sicher, verglichen mit seinen Klassenkameraden war er nicht gerade der Größte. Und von den Jungs mochte er tatsächlich der Kleinste sein. Aber das war alles nur eine Frage der Betrachtungsweise. Marko zog es vor, sich als zwölftgrößter Junge seiner Klasse zu sehen.

„Papa, was heißt prostituieren?“, fragte er, als die Familie in Richtung Hauseingang trabte.

„Das verstehst du noch nicht, Spatz“, erwiderte seine Mutter, ehe der Gefragte antworten konnte. „Siehst du, was du deinem Sohn für Wörter beibringst?“

Wie immer, wenn die beiden Männer zusammen Fußball schauten, saß Alfred im Fernsehsessel und Marko machte sich der Länge nach auf dem Zweisitzer breit. Markos Mutter interessierte sich nur für Leichtathletik und Tennis, seine Schwester für rein gar nichts. Der Kommentator des Spiels, ein Mann namens Heribert, erklärte gerade, was er schon vor der Partie und während der ersten Halbzeit erzählt hatte: dass an diesem Abend zum allerersten Mal Spieler aus Ost- und Westdeutschland gemeinsam bei einem großen Fußballturnier antraten. Das hatte ihnen aber bisher nichts genützt. Gegen die GUS lagen sie mit 0:1 hinten.

„Papa?"

„Hm?"

„Warum sind du und Onkel Heiner nicht mehr befreundet?"

Alfred blickte missmutig zu seinem Sohn hinüber.

„Nenn ihn nicht Onkel! Er ist nicht dein Onkel. Der ist nur ein Nachbar."

„Ich hab ihn aber doch immer Onkel Heiner genannt?!"

„Aber jetzt bist du langsam alt genug, um zu verstehen, dass er nicht dein Onkel ist."

Wenn Marko genauer darüber nachdachte, machte das natürlich Sinn. Sein Vater und Onkel Heiner hatten keinerlei Ähnlichkeit miteinander. Onkel Heiner war dünn wie eine Bohnenstange und hatte einen roten Schnauzbart über der Lippe. Durch seine Haare schimmerte schon die Kopfhaut. Alfred hingegen sah eher wie ein großes Gürteltier aus, hatte einen schwarzen Vollbart und ein rundes Gesicht. Wäre Nachbar Heiner sein Onkel, müssten sich die beiden doch ähnlich sehen, oder?

„Und nein, Tante Sigrid ist auch nicht deine richtige Tante."

Marko dachte an den letzten Sommer zurück, in dem die Sonne geschienen hatte und beide Familien gemeinsam an die Ostsee gefahren waren. Genauso wie in den Jahren davor. Niemand hatte es damals merkwürdig gefunden, wenn er Eckis Eltern mit Onkel und Tante ansprach. Im Gegenteil. Hatten sie es ihm nicht sogar so beigebracht?

„Aber warum seid ihr denn jetzt nicht mehr befreundet, du und Nachbar Heiner?“

„Das verstehst du noch nicht.“

Da war es wieder! Dieses *Das verstehst du noch nicht,* das sich manchmal als ein *Dafür bist du noch zu jung* verkleidete. Je älter Marko wurde und je mehr er in der Schule lernte, desto häufiger schmetterten die Erwachsenen es ihm entgegen. Genau wie letztens auf seine Frage, wie denn eine Hand bitteschön treu sein könne.

„Wenn ich doch aber alt genug bin, um zu verstehen, dass Onkel Heiner nicht mein richtiger Onkel ist, warum soll ich dann nicht verstehen, warum …“

„Tor für Deutschland!!!“, brüllte der Mann, der Heribert hieß, ihm ins Wort.

„TOOOOR!!!“

Während sein Vater den Treffer regungslos zur Kenntnis nahm, sprang Marko vom Zweisitzer auf. Mit wedelnden Armen hüpfte er durch die Wohnung. Euphorisch riss er den orangefarbenen Vorhang von Alfreds selbst gebauter Holzwand zur Seite, die seinen Teil des Zimmers von dem seiner Schwester trennte. Melanie saß an ihrem Schreibtisch über ihren Hausaufgaben. An den Wänden hingen Poster von dem berühmten Schauspieler Luke Perry und von einer Musikband, die sich Depeche Mode nannte. Das Bild, auf dem ein junger Typ mit Kopftuch sein Kinn auf seinen Unterarmen ablegte und dabei in die Kamera starrte, musste neu sein. Zumindest war Marko dieser Johnny Depp bei seinen vorherigen Abstechern in die Zimmerhälfte seiner Schwester nicht aufgefallen.

„1:1 in der letzten Minute! Wunderschöner Freistoß von Häßler!“

„Kannst du gefälligst anklopfen?!", raunzte Melanie ihn genervt an.

Doch da war er schon zurück in den Flur gehopst und stieß die Tür zum Schlafzimmer der Eltern auf.

„1:1! Häßler in der …"

Marko stockte. Seine Mutter lag auf dem Bett, von der Tür abgewandt. In Zeitlupe drehte sie sich zu ihm um und lächelte ihn mühevoll an.

„Ich hab nicht gewusst, dass du schläfst", entschuldigte er sich.

„Ich hab Montag einen wichtigen Termin. Und da will ich mich dieses Wochenende noch ein wenig ausruhen."

„Ein Vor-Stellungs-Gespräch?"

„Ja …", zögerte Marion die Antwort einen Tick hinaus.

„Dann ziehst du diesmal die grüne Bluse an, ja? Grün bringt nämlich Glück, weißt du?"

„Ja, mach ich."

Marko hatte die Tür schon fast hinter sich zugezogen.

„1:1 in der 90. Minute! Durch Häßler!"

*

Später am Abend saß Marko in seinem kleinen Zimmer an seinem noch kleineren Schreibtisch und trug das Ergebnis des Spiels in den faltbaren EM-Planer ein. Dann nahm er die neueste Ausgabe der *MICKY MAUS* zur Hand. Eine ganze Woche hatte er auf dieses Heft gewartet und jedem damit in den Ohren gelegen. Fein säuberlich entnahm er die der Zeitschrift beigelegte knallbunte Urkunde. Sie bescheinigte dem Inhaber den

Besitz von zehn Quadratmetern Regenwald in Brasilien. Sein Vater meinte, das wäre Quatsch, aber was hatte der schon für eine Ahnung von tropischen Regenwäldern? Was Tiere und Natur anging, war Marko der Experte in der Familie. Mit seinem Füller trug er seinen Namen vorsichtig in die dafür vorgesehene Zeile ein und achtete darauf, das Geschriebene nicht gleich wieder mit seiner eigenen Hand zu verwischen, wie es ihm in der Schule so häufig passierte. Denn so richtig funktionierte der Füller, den seine Mutter ihm extra in einem Fachgeschäft für Linkshänder gekauft hatte, nicht wirklich. Stolz begutachtete Marko sein Werk. Dann pinnte er die Urkunde an die braune Holzwand, die mit Tierpostern aus der Apotheke, einem dreiviertelfertigen Starschnitt von David Hasselhoff aus Melanies alten *BRAVOS* sowie eigenhändig aus der Fernsehzeitschrift ausgeschnittenen Bildchen von Bud Spencer und Terence Hill beklebt war.

Er griff nach seinem Dosentelefon, dessen Schnur über das Fensterbrett zur Nachbarwohnung hinüberführte, und hielt es an seinen Mund.

„Gepard, bitte kommen“, vernahm Marko dumpf seine eigene Stimme.

Er führte die Dose an sein Ohr, doch außer dem Meer war nichts zu hören.

„Gepard, bitte kommen! Hier Blauwal.“

Wieder nur Rauschen.

„Ecki, bist du da?“

Keine Antwort. Er stellte das Telefon auf seinen Platz zurück und suchte mit dem Zeigefinger auf seinem Globus nach Brasilien. Liebevoll strich er über die Ausmaße des riesigen Landes. Hier besaß Marko nun zehn Quadratmeter Regenwald, die ohne sein Einverständnis niemand abholzen durfte. Eines Tages würde er vielleicht den ganzen Urwald besitzen, mit dem einzigen Ziel, ihn genauso zu belassen, wie er war. Dann versuchte er, mit ausgestrecktem Daumen und Zeigefinger die Entfernung von der DDR (ja, der Globus war schon etwas älter) nach Brasilien abzumessen. Knapp dreieinhalb Handbreit waren die Länder voneinander entfernt.

Sonntag, 14. Juni 1992

Am nächsten Morgen nahm Marko schon vor dem Frühstück am Küchentisch Platz. Von der kürzeren Seite der Eckbank aus beobachtete er seine Mutter dabei, wie sie gehäufte Teelöffel mit Kaffeepulver in das dafür vorgesehene Behältnis der Maschine füllte. Dann nahm sie die Aufbackbrötchen aus dem Tiefkühlschrank und steckte sie in den Backofen. Marko atmete erleichtert auf. Keine Brötchen mit dem Teig aus der Dose diesmal. Die hasste er fast noch mehr als Lakritze, wenn auch weniger als Ananas.

„Melanie?! Möchtest du auch 'nen Kaffee?", rief seine Mutter in die Wohnung hinein.

Melanie antwortete nicht. Sie war in ihrem Zimmer und schlief. Zumindest hatte Marko an diesem Morgen noch keine Geräusche aus ihrer Zimmerhälfte vernommen.

„Ich will einen!", erwiderte stattdessen er, indem er sich kerzengerade aufrichtete.

„Och Marko. Wie oft denn noch: Kaffee ist nichts für dich, hm? Ich kann dir gerne mal Kinderkaffee mitbringen, wenn du möchtest."

Das hatte sie ihm tatsächlich schon ein paar Mal gesagt. Aber *soo* oft nun auch wieder nicht.

„Ich will keinen *Kinder*kaffee! Ich will *richtigen.*"

„Das heißt *Ich möchte … Ich möchte keinen Kinderkaffee.* Sag mal bitte deiner Schwester Bescheid, dass wir gleich frühstücken."

Er sprang auf und tippelte an dem heißen Backofen vorbei, in dem die milchfarbenen Aufbackbrötchen ihren Eisfilm verloren. Aus dem Badezimmer drang das elektrische Schneiden von Alfreds Rasierer. Marko öffnete den Vorhang zu Melanies Zimmerhälfte, wo seine Schwester noch immer im Bett lag, die Steppdecke bis zu den Ohren gezogen.

„Frühstück!“

„Hau ab!“, vibrierte es dumpf unter der Decke hervor.

„Mama fragt, ob du auch Kaffee möchtest.“

Melanie drehte sich von ihm weg und legte sich eines ihrer zwei Kissen über den Kopf. Ohne groß darüber nachzudenken, trat er näher an das Bett heran, schnappte sich einen Zipfel der Bettdecke und zog sie mit einem Ruck fort.

Melanie schrie auf.

„Spinnst du?! Raus aus meinem Zimmer! Sofort!“

Hastig bedeckte sie mit dem einen Arm ihren entblößten Oberkörper. Mit der anderen Hand erwischte sie von ihren umherliegenden Kuscheltieren das Monchhichi mit dem fehlenden Daumen und warf es nach ihm.

Marko versuchte auszuweichen, wurde aber trotzdem am Rücken getroffen. Theatralisch ließ er sich zu Boden fallen und hielt sich das Schienbein – in bester Manier eines Fußballprofis, der *gefoult* worden war.

Mit einem Bein auf dem Teppich gelang es Melanie, ihre Bettdecke zurückzuerobern.

„Verschwinde, du Spinner!“

*

Wie jedes Mal, wenn es zum Frühstück die Tiefkühlaufbackbrötchen gab, pulte Markos Mutter den Teig aus den aufgeschnittenen Hälften und legte ihn neben ihren

Teller. Dann bestrich sie die ausgehöhlten Überbleibsel mit Margarine.

„Das geht so nicht! Ich bin die Einzige in meiner Klasse ohne eigenes Zimmer!"

„Du hast doch ein eigenes Zimmer …", erwiderte Alfred aufrichtig erstaunt.

„Das ist doch kein *eigenes* Zimmer! Ich bin siebzehn und muss mir nen Raum mit meinem kleinen Bruder teilen!"

„Du wirst erst nächsten Monat siebzehn! Und ich bin nicht klein! Ich bin schon neun, verdammt!"

„Nicht fluchen!", schaltete sich Marion in die Diskussion ein.

„Und warum kann ich nicht wenigstens sonntags mal ausschlafen?", fuhr Melanie fort.

Marion sah von ihrem Teller auf. „Weil wir selten genug alle gemeinsam als Familie frühstücken können. Und dein Vater heute ausnahmsweise mal frei hat. Deswegen!"

Marko schnappte sich den Brötchenteig seiner Mutter. Mit der Faust knetete er ihn zu einer Wurst. Dann drückte er das Röllchen mit Daumen und Zeigefinger platt, bevor er genüsslich daran herumknabberte.

„Ich will ein eigenes Zimmer!", legte Melanie sich fest.

„Das heißt *Ich möchte*", verbesserte Marko sie.

„Du sei ruhig, du Wurm!"

Beleidigt schaute er seine Schwester an. Eigentlich mochte Marko sie ganz gern, wenn sie ihn nicht gerade brutal abkitzelte oder ihre Launen an ihm ausließ. Doch das mit ihrer schlechten Stimmung war in letzter Zeit häufiger ein Problem.

*

Auf dem menschenverlassenen Spielplatz wippte Marko lustlos vor sich hin, als Ecki durch den Hausdurchgang in den Hinterhof trat. Dabei tat er so, als ob er Marko überhaupt nicht sehen würde und steuerte direkt aufs Klettergerüst zu. Keiner sprach ein Wort. Jeder versuchte, für sich allein zu spielen. Marko stieß sich mit beiden Füßen vom Boden in die Höhe und federte wieder ab. Ecki ließ seine Gliedmaßen von der obersten Stange des Gerüsts baumeln und drehte eine Rolle nach der anderen. Vorwärts, rückwärts, mit zwei Beinen oder auch nur mit einem.

„Sind wir immer noch Freunde?", durchbrach Ecki endlich das Schweigen.

„Natürlich sind wir noch Freunde. Warum denn nich?"

Ecki sprang vom Gerüst und setzte sich auf die andere Seite der Wippe. Nach zwei, drei Höflichkeitshin und Wiedergutmachungsher versuchten die Jungs, sich gegenseitig so hoch wie möglich in die Luft zu schleudern – wie sie es in den letzten vier Jahren so häufig getan hatten. Seit damals die dicken Freunde Alfred und Onkel Heiner mit ihren Familien hierhergezogen waren und dafür gesorgt hatten, dass sie auf derselben Etage wohnen konnten.

„Mein Vater sagt, dein Vater ist ein *Unverbesserlicher*", gab Ecki in der Luft schwebend ungefragt von sich.

„Und mein Vater sagt, deiner ist ein *Wendehals*", erwiderte Marko.

„Außerdem sagt er, hat er sich sehr in deinem Vater getäuscht", fuhr Ecki fort, als hätte er die Bemerkung seines Freundes überhaupt nicht gehört.

„Das hat meiner auch gesagt. Und dass deiner ein …",

Marko sprach langsam und versuchte, sich zu konzentrieren, „… *Op-por-tu-nist* ist.“

Die Wippe quietschte. Um sein Gegenüber in der Luft zu halten, verlagerte Ecki sein Gewicht und hielt beide Füße auf der Erde.

„Was ist ein Op-por-tu-nist?“

Marko versuchte, sich ebenfalls schwer zu machen, um wieder nach unten zu gelangen. Ohne Erfolg.

„Weiß nich … ich schätze so jemand wie dein Vater.“

Eckis Augenbrauen schoben sich wütend zu einer einzelnen großen Braue zusammen.

„Gar nicht wahr! Und wenigstens ist mein Vater kein *Ewiggestriger.*“

„Aber dafür ist deiner ja schon ein *Wendehals.*“

Ecki stand auf und ließ Marko mit voller Wucht auf den Boden krachen. Der Fall wurde zwar von dem halben Autoreifen abgebremst, der unter der Wippe im Sand eingebuddelt war, dennoch zwiebelte Markos Hintern bedenklich. Der Übeltäter steuerte auf den Hausdurchgang zu, allerdings nicht, ohne Marko wissen zu lassen, dass er ihn für genauso unverbesserlich wie seinen Vater hielt.

„OP-POR-TU-NIST!“, rief Marko ihm hinterher. Dann war Ecki fort.

Marko wippte für sich allein weiter. Schon aus Prinzip. Und in der Hoffnung, der zwiebelnde Hintern würde keine bleibenden Schäden davontragen.

Aus einer der kleinen Hütten mit Gärtchen trat ein weißhaariger alter Mann. Die winzigen Schrebergärten auf dem weitläufigen Hinterhof stammten noch aus einer Zeit, als Neuhohenschönhausen keine Trabantenstadt

Berlins, sondern Gartenkolonie war. Der Alte hatte eine Uniformmütze auf dem Kopf und winkte zum Spielplatz herüber, indem er seinen Arm senkrecht in die Luft hielt und wie einen Scheibenwischer hin und her bewegte. Er war schlank, trotz seines aufgedunsenen Gesichts, und unter der zu großen Mütze trat das zerzauste Haar hervor. Marko winkte zurück, woraufhin der Mann seinen verwilderten Garten verließ, zum Spielplatz tänzelte und den Jungen mit einem Salutieren begrüßte.

„Seid bereit!?!"

Marko antwortete mit dem Pioniergruß. Er hob zuerst die linke Hand, besann sich und hielt sich die Rechte vertikal über den Kopf.

„Immer bereit!"

„Na herzlichen Glückwunsch zum Geburtstag! Nachträglich. Hast du das Fahrrad bekommen?"

„Nur 'ne Taucherausrüstung. Mama hat gesagt, ich brauche kein neues Fahrrad, weil ich ja ihr altes nehmen soll."

Marko kannte Egon schon länger. Er hatte ihn auf einem seiner Streifzüge mit Martin kennengelernt – auf der Jagd nach Pfandflaschen, um ihr Taschengeld aufzupolieren. Früher, im ersten Schuljahr, hatten sie gemeinsam als Klassenverband alle möglichen Wertstoffe gesammelt – Glas, Papier, Bettfedern, Schrott und einmal sogar eine Autobatterie – und zum *SERO* gebracht. Das Geld, das sie dafür bekamen, steckten sie in ihre Klassenkasse. Sie sparten für die anstehende Klassenfahrt. Doch von einem Tag auf den anderen war diese seltsame Mauer umgefallen, von der Marko bis dahin nie gehört hatte, von da an aber andauernd. In derselben Nacht haute ihre Klassenlehrerin mit der Klassenkasse nach *Drüben* ab. Schon bald gab es auch die *SERO*-Annahmestellen nicht mehr und nur noch ganz bestimmte Flaschen durften in den Kaufhallen gegen Geld abgegeben werden. Als Marko und Martin in einen der großen Müllcontainer für Glas geklettert waren, lernten sie Egon kennen. Er hatte sie angesprochen und gefragt, ob ihre Eltern das etwa gut finden würden, dass ihre Kinder im Abfall spielten. Dabei wusste Marko ganz genau, dass sie das besser für sich behielten, um keinen Ärger zu bekommen. Sie stiegen ja aus gutem Grund nur in Glascontainer auf der anderen Seite der Falkenberger Chaussee, um dort nach fälschlich weggeworfenen Pfandflaschen zu suchen. Seitdem war Egon ihnen immer mal wieder über den Weg gelaufen. Und obwohl Markos Mutter ihm eingetrichtert hatte, nicht mit Unbekannten zu reden, hatte er sich mit diesem Fremden angefreundet. Er konnte Egon alles fragen. Nie antwortete er Marko, dass er etwas noch nicht verstünde oder zu jung sei.

Auch wenn Egon sehr gerne erzählte, wusste Marko kaum Privates über ihn. Er hatte wohl bei einer großen Sicherheitsfirma gearbeitet, die ihn von einem Tag auf den anderen auf die Straße gesetzt hatte. Oder war die Firma bankrottgegangen? Egons Frau hat dann jedenfalls das Gleiche gemacht: ihn rausgeworfen. Deshalb wohnte er in der kleinen Gartenlaube auf dem Hinterhof.

„Egon, was ist ein Op-por-tu-nist?"

Der Alte fasste sich ans Kinn.

„Ein Opportunist? Na, wie soll ich das am besten erklären …?"

Er rieb sich die weißen Bartstoppeln.

„Zum Beispiel ein Sozialist, der für eine persönliche Bevorteilung zum Imperialisten wird, ist ein Opportunist. Also im Prinzip immer, wenn jemand, nur um sich einen persönlichen Vorteil zu verschaffen, seine Ideale, seine Weltanschauung verrät und zum Kapitalisten wird, dann ist er ein Opportunist. Oder, wenn ein Marxist zum Schergen des Großkapitals wird …"

Marko versuchte zu folgen. Das war doch alles ein bisschen komplizierter als gedacht. Und während eine ganze Flutwelle dieser unverständlichen -isten aus Egons Mund drang, musste er daran denken, dass sie noch immer nicht auf Klassenfahrt gewesen waren.

Montag, 15. Juni 1992

Es war Markos erster Schultag als Neunjähriger. Seiner Reife und dem gehobenen Alter entsprechend, wuselte er nicht wie die anderen in der Pause umher, sondern blieb auf seinem Platz sitzen, um sich vernünftig auf die nächste Unterrichtsstunde vorzubereiten. Dabei bemerkte er nicht, wie Robert sich vor ihm aufbaute.

„Kann ich mich neben dich setzen?"

Robert war einen Kopf größer als er und mindestens zehnmal so breit. Beide schauten auf den leeren Stuhl an Markos Seite – Martins Platz.

„Weiß nicht. Vielleicht kommt er ja irgendwann zurück."

„Glaubst du?"

Wenn er nur lange genug in seinem Schulheft blätterte, würde Robert möglicherweise von selbst verschwinden. Doch als Marko aufsah, stand der noch immer vor ihm.

„Da musst du Frau Jonas fragen."

„Hab ich schon. Sie hat gesagt, ich darf."

Marko konnte es nicht glauben. Sie hatten ihm, ohne ihn zu fragen, einen neuen Banknachbarn zugeteilt?

„Was stimmt denn mit deinem alten Platz nicht?"

„Meine Mutter hat gesagt, ich soll mich an jemanden halten, der einen guten Einfluss auf mich hat. Und David lenkt mich immer ab …"

Ein gutes Argument. David lenkte die ganze Klasse ab, mit seinen dämlichen Zwischenrufen. Da war es bestimmt doppelt so nervig, wenn man direkt neben dem saß. Außerdem blieb Marko keine Wahl. Da Frau Jonas es bereits erlaubt hatte … Und wer konnte schon sagen, wann und ob Martin überhaupt wiederkommen würde.

„Navonmiraus …"

Mopsfidel packte Robert seine Sachen – Federtasche, Schulheft und das in Zeitungspapier eingeschlagene Deutschbuch – auf den Tisch und setzte sich neben Marko.

Pünktlich mit dem Schulklingeln stürmte Frau Jonas ins Zimmer. Ihre Haare waren so rot wie die Arbeiterfahne und so lang wie die Straßenbahnfahrt zum SEZ. Spätestens, als sie ihre Unterlagen auf ihrem Tisch abgelegt und ihre Tasche abgestellt hatte, herrschte Ruhe unter den Schülern.

„Guten Morgen Kinder!"

„Guten Morgen Frau Jo-nas!", erklang es im Chor. Nur David hatte ein Frau Nas-jo dazwischengeschmuggelt.

Frau Jo-nas-jo begann den Unterricht damit, zu wiederholen, was sie in der letzten Deutschstunde gelernt hatten. Nicht, weil es so schwer gewesen wäre, sondern weil Cindy mit C ein bisschen lernbehindert war.

Mitten in der Stunde klopfte es an der Tür. Der Direktor Herr Rittlich – oder auch Herr Tritt-mich, wie er von den Schülern und bestimmt auch von den Lehrern hinter seinem Rücken genannt wurde – trat mit einem Mädchen in Markos Alter ein. Er gab Frau Jonas ein Zeichen, schob das Mädchen sanft in ihre Richtung, nickte ihr noch einmal zu und war dann schon wieder verschwunden. Frau Jonas ergriff das Wort.

„Kinder, ich möchte euch eure neue Mitschülerin vorstellen. Sie ist ganz frisch mit ihrer Familie hierhergezogen."

Jemand Neues. Schon wieder. Das passierte in letzter Zeit andauernd. Vor drei Wochen war der Junge zu ihnen gekommen, den David nur Glupschauge nannte. Dabei hieß er Steven Schultze. Und seit den Winterferien ging Sindy mit S in ihre Klasse. Selbst Robert war erst am Anfang des Schuljahres dazugestoßen. Doch diese Neue war anders. Marko versuchte vergeblich, sie nicht anzustarren. Mit ihren dunklen Kulleraugen, ihrem teerschwarzen Haar und ihrem Engelsgesicht war sie das mit Abstand schönste Mädchen, das er je gesehen hatte. Und er hatte schon viele Mädchen gesehen. Er spürte, dass dies ein ganz besonderer Augenblick war – der Moment, in dem er Anna zum ersten Mal sah. Sie schien überhaupt nicht nervös, trotz der sicher für sie nicht angenehmen Situation: neu und allein vor der gesamten Klasse.

„Dann erzähl uns doch gleich mal von dir! Wo du herkommst, was du am liebsten tust … was deine Eltern beruflich machen … Was du später mal werden willst …", wandte sich Frau Jonas an die Neue.

Das Mädchen schaute feierlich um sich. Wie eine Zauberin kurz vor ihrem größten Trick. Im Klassenraum herrschte andächtige Stille. Selbst David hielt den Rand.

„Ja, also, ich heiße Anna, bin neun Jahre alt … Und ich komme aus Köln." Mit den Fingern zählte sie ihre Antworten auf die von Frau Jonas gestellten Fragen mit. „Wir sind hierhergezogen, weil mein Papa Chef beim Arbeitslosenamt ist. Und da, wo wir vorher gewohnt haben, gibts nicht so viele Arbeitslose … Ähm, meine Mama arbeitet für wohltätige Zwecke und … und wenn ich groß bin, möchte ich auch für wohltätige Zwecke arbeiten. Oder Tierärztin werden. Oder Umweltschützerin!“

Dann schaute sie zu Frau Jonas auf und gab ihr so zu verstehen, dass sie fertig sei.

„Sehr schön, danke Anna. Setz dich doch auf den freien Platz gleich dort.“

Frau Jonas deutete auf die zweite Reihe. Marko folgte Anna mit allen Augen, die er hatte und musste mit ansehen, wie sie sich lächelnd neben Ecki setzte, der bereitwillig Platz machte.

Marko bohrte seinen Blick böse in Roberts rundes Profil. Doch der ließ sich nicht aus der Ruhe bringen. Ja, er bemerkte Markos Ärger nicht einmal! Dann hielt Frau Jonas es noch für eine gute Idee, dass auch der Rest der Klasse einen Vortrag vorbereitete. Thema: Was die eigenen Eltern beruflich machen. Zur nächsten Stunde. Marko bekam endgültig schlechte Laune.

*

Das Tablett mit seinem Mittagessen in den Händen manövrierte Marko sich durch den vor Kindern nur so explodierenden Essenssaal. Mit zusammengekniffenen Augen suchte er so lange den Raum ab, bis er Anna gefunden hatte. Sie saß neben Ecki, kein freier Platz weit und breit. Erst mehr genervt als enttäuscht, dann mehr enttäuscht als genervt, schlurfte Marko bis zum Ende des Saales, wo es vereinzelt halb leere Tische gab. Lustlos stocherte er in seinem Essen herum – schon wieder Hühnerfrikassee mit Reis –, während er aus der Ferne Anna und Ecki beobachtete.

„Magst du heute Nachmittag mit mir zusammen spielen? Oder wir können auch zur Malchower Aue fahren!"

Ihm war gar nicht aufgefallen, dass Sindy mit S die ganze Zeit über mit am Tisch gesessen und ihn angestarrt hatte.

„Nein danke …"

Was die nur immer alle mit ihrer bescheuerten Malchower Aue hatten, fragte Marko sich im Stillen.

„Dann eben nicht!", versuchte Sindy mit S gar nicht erst ihr Eingeschnapptsein zu verbergen.

Er hätte ihr natürlich sagen können, dass er bereits was vorhatte, aber das wäre gelogen gewesen. Und Marko hatte schon immer ein ziemliches Problem mit dem Lügen: Er konnte es einfach nicht. Jedes Mal, wenn er versuchte, sein Gegenüber von etwas zu überzeugen, was nicht der Wahrheit entsprach, spürte er, wie seine Wangen zu glühen anfingen und sich sein Magen zusammenzog. Vor allem aber war da sein Gewissen. Das knabberte an ihm herum und piesackte, wenn sich die Wangen schon wieder abgekühlt und der Magen sich längst entspannt hatte.

„Hallo Banknachbar!"

Jetzt auch noch Robert.

„Ja, hallo …", erwiderte Marko missmutig.

Robert setzte sich, lächelte und schob Essen in sich hinein, suchte aber immer wieder den Blick seines neuen Freundes.

„Als was gehst du denn morgen zum Sommerfest?"

„Weiß ich noch nich", antwortete Marko ehrlich, ohne Robert anzusehen.

„Wollen wir uns zusammen verkleiden? Als Team?"

Moment mal.

„Sommerfest ist doch kein Fasching. Da verkleidet man sich doch nicht?!", dachte Marko laut.

„Ich glaube doch …"

Auf einmal war er sich gar nicht mehr so sicher.

„Also ich glaub auch, dass wir uns verkleiden sollen", gab Sindy mit S verdächtig lächelnd ihren Ketchup dazu.

Vielleicht hatten sie recht? Nicht auszudenken, wenn Marko als Einziger unverkleidet dort aufkreuzte. Was sollte Anna dann von ihm denken? Dass er ein Spielverderber sei? Sie selbst würde sich bestimmt als Prinzessin verkleiden. Oder als Indianerin.

„Wir könnten als Batman und Robin gehen", verscheuchte Robert mit seinem dämlichen Vorschlag das Bild von der amerikanischen Ureinwohnerprinzessin Anna.

Scharf beobachtete Marko, wie Ecki und diejenige, um die seine Gedanken seit dem Vormittag pausenlos brausten, aufstanden, ihre Tabletts wegstellten und dabei miteinander redeten, als planten sie bereits ihr gemeinsames Leben: Zwei Hunde, vier Kinder und ein Bauernhof auf dem Alexanderplatz. Marko musste den Tatsachen ins Auge sehen. Martin war weit fort und würde, wenn überhaupt, erst zum Klassentreffen in vielen Jahren zurückkommen. Und Ecki wollte er definitiv nicht zu seinem neuen besten Freund machen. Blieb erst mal nur Robert übrig.

„Oder als Bud Spencer und Terence Hill!?"

Marko musterte seinen schwergewichtigen Kameraden.

„Ja, das könnte passen."

„Ich bin Terence Hill!", legte Robert sich fest.

Marko zögerte. Sollte er das Einem-ins-Auge-Springende aussprechen? Ach …

„Vonmiraus …“

*

Vor der Schule wartete Marion in einer weißen Bluse auf ihren Sohn. Marko verzog das Gesicht. Seit seine Mutter jeden Tag zu Hause war, probierte sie Millionen neuer Kochrezepte aus und schaute viel fern. Vor allem aber meinte sie, Marko von der Schule abholen zu müssen. Am Anfang fand er das gar nicht so schlimm, doch die anderen Kinder hatten angefangen darüber zu reden. Und tatsächlich war er einer der wenigen in seiner Klassenstufe, der regelmäßig von einem Erziehungsberechtigten auf dem Heimweg begleitet wurde. Marko hatte den Impuls, abzudrehen und so zu tun, als habe er sie nicht gesehen.

„Marko!“

Zu spät. Nur widerwillig hielt er die Wange hin, als sie ihn zur Begrüßung küsste und schaute sich gleich um, ob ihn einer seiner Klassenkameraden dabei gesehen haben könnte. Doch da stand nur ein Zweitklässler am Schultor, mit einem kleinen Schlumpf-Aufkleber auf seiner Brille. Ein Muttersöhnchen, das auf seine Mama wartete. Marko versuchte, ihn möglichst einschüchternd anzuschauen.

Auf dem kurzen Heimweg nahm Marion ihn, wie bei seinem achtjährigen Ich üblich, bei der Hand. Der neunjährige Marko befreite sich aus dem Griff seiner Mutter, ohne auf große Gegenwehr zu stoßen. Er überlegte, ob er ihr von Anna erzählen sollte oder davon, dass sich die anderen schon über ihn lustig machten wegen der ständigen Abholerei. Vielleicht würde sie es ja verstehen?

„Wie war das Gespräch?", fragte er stattdessen.

Marion reagierte nicht. Sie schien mit den Gedanken vollkommen woanders zu sein.

„Mama?! Wie war das Gespräch?"

„Hm? Ach so, *das Gespräch.* Weiß nicht. Mal sehen."

Genau dasselbe hatte sie die letzten Male auch gesagt. Kein gutes Zeichen. Doch so niedergeschlagen wie heute hatte er sie deswegen nie erlebt.

*

Marko klebte an seinem Schreibtisch fest. Den Absatz über seinen Vater hatte er fertiggeschrieben – dass der seit einiger Zeit beruflich einen hellgelben Mercedes Benz 300 D fuhr, viertürig, mit Automatik und elektrischen Fensterhebern. Blieb noch der Teil über seine Mutter … Marko kratzte sich lange am Kopf. Dann stand er auf, um einen Blick aus dem Fenster auf den Hinterhof zu werfen. Er glaubte erst an eine Vater-Morgana, saß dort doch Anna, ganz allein auf dem Klettergerüst und ließ die Beine baumeln. Er beeilte sich, in seine Schuhe zu schlüpfen, warf sich eine leichte Jacke über und spurtete hinaus. In der Tür zur Wohnstube, wo seine Mutter vor dem Fernseher saß und *Cagney & Lacey* im Nachmittagsprogramm schaute, blieb er stehen.

„Ich geh raus, spielen."

Marion musterte ihn.

„Aber zieh dir bitte was anderes an. Die Hose hab ich gerade gewaschen."

Marko wollte erst protestieren, doch sie hatte recht. Er konnte ja genauso gut die blaue Jeanshose anziehen, die sie vor zwei Wochen gekauft hatten. Die strahlte was von diesem *Cool* aus, von dem neuerdings alle sprachen. Er stieg in die Jeans, warf schnell einen Blick aus dem Fenster, bevor er ... Doch da war Anna schon nicht mehr allein. Sie und Ecki saßen auf gegenüberliegenden Seiten des Klettergerüstes. Auf Kommando sprangen sie herunter und tauschten die Plätze. Ihr Lachen ließ Marko seufzen. Eigentlich hatte er keine Lust, sich mit Ecki abzugeben, aber wenn es unbedingt sein musste ... Umgezogen marschierte er wieder ins Wohnzimmer.

„Och Marko, doch nicht die neue Jeans."

„Welche denn sonst?", stampfte er ungeduldig auf.

„Na, die braune Cordhose. Die du sonst auch immer zum Spielen anziehst."

„Die ist aber oll ..."

Marko schnaufte, stiefelte zurück in sein Zimmer, suchte aus dem Kleiderschrank besagte Cordhose hervor und zog sie an. Als er endlich auf dem Spielplatz eintrudelte, war der Hof leer. Anna und Ecki waren fort. Enttäuscht schlich Marko wieder nach oben.

*

Eine gute Stunde später lag Marko, noch immer in seiner Jacke und der ollen Cordhose, auf seinem Bett und starrte an die Decke. Die Füße mit den Straßenschuhen baumelten jenseits der Bettkante. Über die Ohren hatte er seine Walkman-Kopfhörer gezogen und sang lauthals die Texte der von ihm selbst aufgenommenen David Hasselhoff-Kassette mit.

„Mmhmmmh, mmmmhhhm, mhmmhhhmmm ... hat freedummei hättnonn ...“

Dabei hatte er nicht bemerkt, wie Melanie nach Hause gekommen war. Grinsend blieb sie in der Tür zu Markos Zimmer stehen und lauschte ihrem kleinen Bruder.

„Happy lukky freedumm, happy lukky volong, happy lukky freedumm ...“

Es dauerte, bis Marko sie dort stehen und ihre Lippen bewegen sah. Er hörte auf zu singen und zog sich die Kopfhörer von den Ohren.

„Mhm?“

„Ob alles ok ist, hab ich gefragt“, wiederholte Melanie. „Ist Mama gar nicht zu Hause?“

„Einkaufen.“

„Was ist denn los? Werd bloß nicht krank, hörst du?!“

Sie meinte wohl aus seinem Tonfall herauszuhören, dass etwas nicht stimmte.

Marko wackelte mit den Schultern. Mit der Hand fühlte Melanie seine Stirn und setzte sich neben ihn aufs Bett.

„Fieber hast du nicht. Wo tuts denn weh?“

Marko deutete auf seinen Magen, dann auf die Herzgegend.

„Was Falsches gegessen?“

Er schüttelte den Kopf.

„Und das drückt mehr hier so“, zeigte Melanie auf sein Herz und dann auf seinen Magen, „und hier grummelts?“

Marko nickte.

„Tja, dann hast du entweder Herzrhythmusstörungen und ein Magengeschwür gleichzeitig oder …"

„Oder?"

„Oder du hast dich verliebt."

„Nein!", protestierte Marko sofort.

„So schlimm?"

„Gar nicht wahr!"

„Na, dann kann ich dir auch nicht helfen."

Sie stand auf, um sich in ihren Teil des Zimmers zu entfernen.

„Was kann man denn dagegen machen? Also falls …"

Melanie wandte sich ihm aufs Neue zu.

„Da gibts mehrere Möglichkeiten", sprach sie aus anscheinend jahrelanger Erfahrung. Marko machte Mr. Spock-Ohren.

„Du kannst entweder versuchen diejenige zu vergessen. Aber das kann ziemlich lange dauern. Ist von Fall zu Fall unterschiedlich."

„Mhm."

„Oder du kannst diejenige zum Eis einladen, viel Zeit mit ihr verbringen und hoffen, dass sie genau solche Gefühle für dich hat wie du für sie."

„Und dann?"

„Dann verbringt ihr noch mehr Zeit miteinander."

„Und dann?"

„Dann haltet ihr Händchen und so."

„Und dann?"

„Und dann … vielleicht irgendwann, eines fernen Tages … also da bist du echt noch zu jung für. Da gibts dann eh noch mal den Unterschied, ob man verliebt ist oder sich liebt …"

„Sag mal!"

„Wieso? Du bist doch sowieso nicht verliebt, hast du gesagt", lächelte sie wissend.

Er grübelte einen Moment.

„Bin ich auch nicht", antwortete er endlich.

„Na dann."

Und mit diesen Worten verschwand sie hinter dem Vorhang.

Marko überlegte, ob er ihr hinterher- und in Erinnerung rufen sollte, dass er spätestens seit vorgestern kein kleiner Junge mehr war, ließ es aber doch bleiben.

*

Markos Hände schrumpelten im warmen Wasser der Badewanne. Er thronte in einer Ecke der Wanne und grübelte vor sich hin: Wie konnte es sein, dass manche Menschen besonders viel Glück hatten und andere gar keins? Würde sich das irgendwann ausgleichen oder musste er sich damit abfinden, sein Leben lang ein Pechvogel zu sein? Früher hatte Alfred häufiger gesagt, jeder wäre *der Chef seines eigenen Glückes* oder so ähnlich. Aber was hätte er, Marko Wedekind, denn schon dafür tun können, dass Anna nicht neben Ecki gesetzt, sondern seine Banknachbarin wird? Da war es wieder: dieses Schicksal, von dem er die Erwachsenen öfter reden hörte. Oder war es Zufall? Und worin lag überhaupt der Unterschied? Er beschloss, bei der nächsten Gelegenheit seine Eltern zu fragen, in der Hoffnung, dafür nicht auch noch zu jung zu sein. Schlagartig erhellte sich Markos Gesicht. Ihm gegenüber, an seinem Fußende, saß Anna!

Von hoch aufgetürmtem Badeschaum umgeben, lächelte sie ihn an. Und er lächelte selig zurück. Und nachdem sie eine ganze Weile damit verbracht hatten, sich gegenseitig anzulächeln, fingen sie an, sich mit Wasser zu bespritzen. Zunächst zaghaft, dann immer wilder. Sie kicherten und johlten, juchzten und lachten. Bis Anna ernst zur Tür schaute und einfror. Ohne anzuklopfen, trat Marion ins Badezimmer. Marko setzte sich aufrecht hin. Er wusste, was kommen würde.

„Ich kann mir auch alleine die Haare waschen."

„Haare nassmachen …", ignorierte sie die Ansage ihres Sohnes, griff nach der Shampooflasche und kniete sich neben die Wanne.

Marko sah seine Mutter mit zusammengezogenen Augenbrauen an, holte tief Luft, tauchte kurz ab und wieder auf. Marion arbeitete das Shampoo in seine Haare ein, um es dann mit dem Duschkopf auszuspülen. Anna beobachtete die Prozedur mit Habichtaugen. Markos Mutter nahm das große blaue Badetuch und breitete es mit beiden Händen aus. Marko schielte zu Anna hinüber.

„Ich kann mich selber abtrocken."

„Na komm, das Wasser wird kalt."

Zögerlich stand Marko auf. Mit den Händen bedeckte er seinen Schritt, sodass Anna ihm nichts abgucken konnte. Marion wickelte ihn in das Handtuch ein und trocknete ihn ab. Anna fing an zu kichern. Marko schämte sich. Und auch das raue Tuch auf seiner Haut tat ihm weh.

„Lass mich doch endlich in Ruhe!", knallte er seiner Mutter mit einer Wucht an den Kopf, die sie erstarren ließ. Erschrocken sah sie ihn an. Er konnte etwas in ihrem linken Auge glänzen sehen, bevor sie schnell aus dem Bad verschwand. Das hatte er nicht gewollt!

Marko schaute zur Seite, doch Anna war fort.

*

Ein lautstarkes Gespräch drang aus dem Wohnzimmer in seine Zimmerhälfte und riss Marko aus dem Schlaf. Nachdem er ein paar Knubbel von der Raufasertapete gepult hatte, stand er auf, schlich zur Tür und lauschte, wie seine Mutter und seine Schwester gegeneinander anredeten.

„Aber ihr hattet es mir versprochen! Wenn ich mit der Zehnten fertig bin, krieg ich ein eigenes Zimmer, habt ihr gesagt. Und wenn wir nicht genügend Zimmer haben, dann eben eine eigene Wohnung."

„Ja doch! Aber da war die Situation noch eine ganz andere. Das würde höchstens gehen, wenn du dir das mit der Ausbildungsstelle doch noch mal überlegst …"

„Aber ich hab die besten Noten der ganzen Klasse!", entgegnete Melanie.

„Das mag ja alles sein, nur davon kannst du dir im Endeffekt auch nichts kaufen. Und wer weiß, bis du mit der Schule fertig bist, gibts hier vielleicht gar keine Arbeit mehr."

„Da hat deine Mutter recht", pflichtete Alfred seiner Frau bei. „Leider."

„Dann zieh ich eben woandershin!"

„Das ist ja nicht für immer", überhörte Marion Melanies Lösungsansatz gekonnt. „Erst mal nur, bis die Ausbildung zu Ende ist. Und dann muss man sehen, wie die Situation ist. Außerdem könntest du dein Abi ja nebenbei an der Abendschule oder so machen."

„Und was ist mit dem Schwachsinn, den ihr Marko immer erzählt? Dass er, wenn er nur an sich glaubt und hart arbeitet, alles werden kann, was er will? Gilt das für mich etwa nicht?"

Es stimmte, dachte Marko. Das hatten seine Eltern ihm wirklich häufiger gesagt. Und es stimmte auch, dass er sie nie mit seiner Schwester so reden hörte. Zumindest seit langer, langer Zeit nicht.

„Ich will bestimmt keine blöde Sachbearbeiterin in so 'ner beschissenen Behörde werden, nur, weil du keine Arbeit mehr findest!"

„Nicht in diesem Ton, Fräulein!" Auch Marions Stimme wurde schärfer.

„Ihr entscheidet hier über meine Zukunft und ich darf mich nicht aufregen? Ihr könnt mich mal!"

Wütend stampfte Melanie aus dem Wohnzimmer direkt auf Marko zu.

„Geh doch erst mal nur zu dem Gespräch …", rief Alfred ihr kraftlos hinterher.

Mit einem Becker-Hecht warf Marko sich auf sein Bett und stellte sich schlafend – gerade noch rechtzeitig, bevor Melanie seine Zimmerhälfte betrat und hinter dem Vorhang gleich wieder verschwand. Mit weit geöffneten Ohren ließ er sich von den zwei Dingen quälen, die er am meisten auf der Welt hasste: dem Streiten seiner Eltern und dem Schluchzen seiner Schwester.

Marko zwang sich, die Augen zu schließen.

Absolute Dunkelheit umgab ihn.

Aus dem Dunkel glitt der riesige Wal hervor, den er schon an seinem Geburtstag erspäht hatte. Es war also doch ein Blauwal gewesen. Der Wal schwamm direkt auf ihn zu. Erst jetzt realisierte Marko, wie er ganz ohne seinen Schnorchel, ohne Flossen und Taucherbrille im Wasser schwebte.

„Maaaaarkoooo…"

Es war der gleiche Gesang wie vor ein paar Tagen, nur, dass er diesmal jedes *Wort* verstand.

„Warum bist du so traurig?"

Marko wagte nicht, den Mund zu öffnen.

„Es ist wegen deiner Mutter, stimmt's?"

Der Junge nickte zurückhaltend.

„Wäre es dir lieber, wenn sie wieder arbeiten würde? Auch, wenn sie dann keine Zeit mehr für dich hätte? Auch, wenn sie von zu Hause fortgehen müsste?"

Marko überlegte. Vielleicht wäre es wirklich das Beste. Für alle: seine Schwester, seinen Vater und natürlich für seine Mutter selbst. Sie könnte ja etwas Nützliches machen, wie Annas Mutter, statt den ganzen Tag vor dem Fernseher zu sitzen und ihn von der Schule abzuholen. Wieder nickte Marko dem riesigen Meeressäuger zu.

„Hmmmm", gab der Wal als Antwort von sich. Kurz darauf drehte er ab und verschwand als Schatten in der Ferne.

Dienstag, 16. Juni 1992

In der Turnhalle der Schule, die von innen noch orangener aussah als von außen, tollten Marko und die anderen aus seiner Klasse in kurzen Hosen und weißen Unterhemden umher. Es war die ausgelassenste Zeit jeder Sportstunde. Diese drei, vier Minuten, in denen der Sportlehrer darauf warten musste, bis sich alle umgezogen hatten. Mit einem Pfiff endete der Spaß und der Ernst des Schulsportlebens begann.

„Alle in einer Reihe der Größe nach aufstellen!“, wies Herr Zülle die Schüler an.

David stellte sich ganz nach vorne, Robert platzierte sich dahinter. Marko drängelte sich neben Robert und vor Thomas an die dritte Position.

„Marko! Stell dich an deinen Platz!“

Mürrisch ließ Marko seinen Blick über die Köpfe der anderen wandern, schritt die Reihe entlang an einigen vorbei und ordnete sich auf halber Höhe zwischen Cindy mit C und Ecki ein.

„Der Größe nach, hab ich gesagt!“, fuhr ihn Herr Zülle an.

Herr Igel wäre ein besserer Name für ihn gewesen, mit diesen riesigen Augenbrauen, der komischen Nase und der stacheligen Frisur. Andererseits mochte Marko Igel. Und Herrn Zülle mochte er nicht.

„Na, mach ich doch!“

„Machst du nicht! Jetzt diskutier nicht wieder rum!“

Die anderen fingen an zu kichern.

Marko rückte weiter nach hinten durch und kam direkt neben Anna zum Stehen. Er wagte nicht, ihr in die dunkelbraunen Augen zu schauen und reihte sich vor ihr ein.

„Junge! Muss ich dich etwa erst zum Direktor schicken?“

Widerwillig schlurfte Marko bis ans Ende der Reihe, wo er sich vor Sindy mit S an vorletzter Position einordnete.

Der Größe nach. So ein Schwachsinn … Und wofür? Die Mannschaften für das Zweifelderballturnier hätte man sicher auch anders abzählen können.

*

Am Schultor hielt Marko nach seiner Mutter Ausschau. Dass sie ihn jeden Tag abholte, war schlimm genug, aber ihn warten zu lassen, sodass es die ganze Schule mitbekam, ging wirklich zu weit. Sein rechter Oberschenkel brannte von Davids Treffer mit dem Volleyball. Er war gleich am Anfang abgeworfen worden und musste den Rest der Sportstunde zuschauen, wie die anderen Mannschaften unter sich den Sieger ausspielten.

Immer mehr Kinder verließen das Schulgelände. In einer größeren Gruppe entdeckte Marko Anna – gerade noch rechtzeitig, um abzudrehen und sich zu verstecken.

Selbst der Zweitklässler mit der Schlumpf-Brille wurde von seiner Mutter abgeholt, die sich gleich dreimal für ihre happige Verspätung entschuldigte. Von Marion keine Spur. Marko hatte die Faxen dicke. Er tastete sich vom schulischen Hoheitsgebiet weg, wachsam, immer nach seiner Mutter Ausschau haltend. Doch aus welcher Richtung sollte sie schon kommen, wenn nicht von zu

Hause? So gelangte er bis zu seinem Hausaufgang, klingelte, wartete auf das Summen des Summers und öffnete die Tür. Marko hoffte, den Vorfall zu seinen Gunsten nutzen zu können. Er war schließlich allein heimgekommen. Sie musste nicht extra losstiefeln und hatte sich ihr *Love Boat* zu Ende anschauen können. Warum es von jetzt an nicht immer so machen?

An der verschlossenen Wohnungstür klingelte Marko erneut. Doch es war nicht seine Mutter, die die Tür fragend aufriss.

„Ach Junge, ist die Schule schon zu Ende?“ Alfred drehte sich kurz um und rief in Richtung Wohnzimmer. „Dein Bruder ist doch schon aus der Schule zurück.“

Melanie kam aus der Stube in den Flur.

„Mama war nicht da, um mich abzuholen. Da bin ich alleine …“, begann Marko sich zu rechtfertigen.

„Schon gut“, unterbrach Alfred ihn.

Marko zog seine Schuhe aus und stellte seinen Schulranzen in seiner Zimmerhälfte ab. Alfred war ihm ins Zimmer gefolgt, nahm auf Markos Bett Platz und gab seinem Sohn zu verstehen, dass er sich zu ihm setzen sollte. Melanie blieb im Türrahmen stehen.

„Also, weißt du, Mama konnte dich heute nicht abholen, weil …“ Alfred atmete tief durch die Nase aus, „… sie musste ganz kurzfristig wohin …“

Marko versuchte, aus den tanzenden Nasenflügeln und den arbeitenden Kieferknochen seines Vaters schlau zu werden.

„Das hat sich wirklich ganz kurzfristig ergeben, von jetzt auf gleich sozusagen …“, stammelte er vor sich hin, ohne Marko dabei in die Augen zu sehen. „Mama musste nämlich ins …“, Alfreds Blick blieb auf dem Schreibtisch am Globus haften, „… ins …“, er schielte zu Markos Regenwaldurkunde hinüber, dann schaute er wieder auf das runde Abbild der Erde, Maßstab Eins zu Zweiundvierzigmillionen.

Marko glaubte zu verstehen.

„Nach Brasilien?“

„Ja! Nach Brasilien“, bestätigte sein Vater.

„Papa?“, fragte Melanie erstaunt.

Marko versuchte, sich auf die Schnelle einen Reim auf all das zu machen. Konnte es sein, dass … War es denn möglich, dass … Aber natürlich! Jetzt machte alles Sinn!

„Ist es wegen einer gemein-nützlichen Arbeit? Um den Regenwald zu retten?“

„Äh … ja“, bestätigte Alfred. „Sie ist nach Brasilien, um den Regenwald zu retten.“

Melanie schaute ihren Vater entgeistert an. Er antwortete ihr mit einem scharfen Blick.

„Vielleicht ist Mama in ein paar Tagen wieder zurück aus … aus Brasilien. Vielleicht auch erst in ein paar Wochen. Das kann man noch nicht so genau sagen.“

„Aber warum hat Mama mir denn nicht *Tschüss* gesagt? Das würde sie doch nie tun?“, bohrte Marko nach.

„Ja, weißt du …“

Wieder trafen sich die Blicke von Alfred und seiner Tochter. Melanie seufzte.

„Mama hat dir ja Tschüss gesagt. Du hast nur noch geschlafen. Aber ich hab gesehen, wie sie dir einen Abschiedskuss gegeben hat …“

Alfred richtete sich auf.

„Ja gut, dann weißt du jetzt Bescheid.“

Er drückte seinem Sohn kurz die Schulter und verließ mit Melanie das Zimmer. Die beiden tuschelten aufgeregt.

Marko hüpfte zum Globus hinüber. Mit dem Finger umkreiste er gleich mehrmals Brasilien. Ein triumphierendes Lächeln huschte über sein Gesicht.

„Marko! Familienkonferenz!“, beorderte sein Vater ihn ins Wohnzimmer.

Auf dem Stubentisch hatte Alfred einen Notizblock liegen. Wenn er nicht damit schrieb, ließ er den Stift in seiner Hand zwischen Daumen und Zeigefinger hin und her wippen.

„Also ist die Schule jeden Tag um …“, er warf erst einen Blick auf seine Uhr, dann zu Marko, „… so 13:30 Uhr zu Ende?“

„Montag, Dienstag und Donnerstag. Mittwoch haben wir sechste und siebente Stunde Werken und am Freitag haben wir schon nach der fünften Schluss.“

Alfred notierte. „… nach der siebenten und nach der fünften … Also um wie viel Uhr genau?“

„Um 14:20 Uhr am Mittwoch und um 12:35 Uhr am Freitag.“

„Und Ferien sind wann?“

„In drei Wochen und drei Tagen. Und morgen Abend ist ja Sommerfest.“

„Sommerfest?“, fragte Alfred erstaunt.

„Das hab ich doch erzählt! Ich geh als Bud Spencer!“, empörte Marko sich, weil ihm mal wieder keiner zugehört hatte.

„Hm“, sagte Alfred nur, den Blick auf seine Notizen

gerichtet. „Also ich kann ihn Freitag von der Schule abholen. Könntest du morgen?“

„Das müsste gehen“, erwiderte Melanie, die bis dahin still am Tisch gesessen hatte und mit ihren Gedanken woanders gewesen zu sein schien.

„Und morgen Abend zum Sommerfest … Wann geht das los?“, fragte Alfred seinen Sohn.

„Um sechs.“

„Da könnte ich ihn hinbringen, …“, meldete sich Melanie wieder zu Wort, „… aber abholen schaff ich nicht. Und Sonntagabend hab ich definitiv keine Zeit. Da geh ich aufs Konzert.“

Alfred starrte angestrengt auf den Zettel vor sich.

„Sonntagabend? Uff, mal schauen. Da muss ich den ganzen Tag arbeiten. Also notfalls müsstest du da dann doch zu Hause bleiben.“

Marko gefiel die Richtung, die diese Familienkonferenz nahm, überhaupt nicht. Das war kein *mit* ihm, das war ein *über* ihn.

„Ich kann auch alleine auf mich aufpassen. Ich bin immerhin schon neun!“, fühlte er sich gezwungen, den beiden ins Gedächtnis zu rufen.

„Papa, das ist *das* Konzert des Jahres! Das kann ich unmöglich verpassen!“

„Ach so. Na dann. Tut mir leid Chef, ich würd ja gerne arbeiten, aber meine Tochter muss auf *das* Konzert des Jahres gehen – da haben'se doch sicherlich Verständnis für?! Na dann ist ja gut.“

„Mensch, Papa …!“

Alfred ließ sich in den Sessel zurückfallen.

„Na, vielleicht fällt uns ja noch was ein bis Sonntag.“

Jetzt reichte es Marko endgültig. Er sprang von seinem Platz auf.

„Ich bin kein kleiner Junge mehr, auf den man die ganze Zeit aufpassen muss, verdammt!"

Die beiden Erwachsenen schauten Marko erstaunt an. Doch bald darauf wanderte Alfreds Blick wieder über den Notizblock.

„Wie siehts nächsten Dienstag bei dir aus? Montag könnt ich vielleicht, aber Dienstag …"

Entrüstet sah Marko seinen Vater an. Mit einem lauten Schnaufen drehte er ab und marschierte schnurstracks in die Küche. Dort stieg er auf den kleinen, hellgrünen Hocker mit der Blumenverzierung und nahm das Paket mit dem Kaffee aus einem der oberen Küchenschränke. Er öffnete die Kaffeemaschine und löffelte das braune Pulver in den dafür vorgesehenen Teil, so wie er es bei seiner Mutter beobachtet hatte. An die Filtertüte, die Marion sehr wohl auch benutzte, dachte er nicht. Stattdessen füllte er fleißig Löffel um Löffel Kaffee in den Behälter. Nach zwölf Löffeln überlegte Marko kurz, ob das ausreichte, und schüttete direkt aus dem Paket noch einen Berg Kaffeepulver hinterher. Abschließend goss er Wasser in das Gerät und startete es.

Während die Kaffeemaschine machte, was Kaffeemaschinen so machen, wenn sie Kaffee machen, durchstöberte Marko das Bücherregal seiner Eltern. Mit dem Zeigefinger voran las er die Titel der dort aufgereihten Buchrücken. Karl Marx, *Das Kapital* Band 1, Karl Marx, *Das Kapital* Band 2, Karl Marx, *Das Kapital* Band 3, … Er übersprang all die gleich aussehenden Bände und fuhr weiter hinten fort. Marx Engels, *Werke* Band 34, Marx

Engels, *Werke* Band 35, ... Er probierte es eine Etage höher.

Alfred sauste vorbei und wuschelte ihm dabei durch die Haare. „Ich muss wieder los. Sei brav zu deiner Schwester."

Marko schenkte den Worten seines Vaters und der sich schließenden Wohnungstür kaum Beachtung. Er war vollkommen in das Studium der Buchtitel vertieft.

„Dos-to-jews-ki ..."

Er nahm das dicke Buch mit dem weißen Einband aus dem Regal und schaut sich das Foto des Schriftstellers genau an. Auf dem Kopf des Mannes schimmerte wie bei Nachbar Heiner die Kopfhaut durch das Haar. Dafür hatte der Autor einen sehr langen und in alle Himmelsrichtungen abstehenden Bart, der gleichzeitig ultradünn war. An den Seiten konnte man durch das Barthaar den Kragen seines Hemdes sehen. Marko las die Beschreibung auf der Rückseite laut vor.

„*Schuld und Sühne* ist eines der größten und bedeutendsten Werke der Weltliteratur ..."

Er nickte zufrieden.

Mit der dampfenden Tasse Kaffee in der Hand betrat Marko sein Zimmer. Er öffnete den Vorhang zum Reich seiner Schwester, wo Melanie an ihrem Schreibtisch saß, den Blick zum Fenster gerichtet. Sie hatte Kopfhörer auf und bemerkte so weder ihren Bruder, noch, dass der kurz davorstand, in den Kreis der Erwachsenenkaffeetrinker aufzusteigen. Mit einer Hand versuchte Marko, den unverwechselbaren Kaffeeduft in ihre Richtung zu wedeln, doch ihre Aufmerksamkeit erlangte er damit nicht. So nahm er ohne Zeugen an seinem Schreibtisch Platz: vor ihm das dicke Erwachsenenbuch, die Tasse Kaffee daneben. Er öffnete das Buch und begann zu lesen.

An einem der ersten Tage des Juli – es herrschte eine gewaltige Hitze – verließ gegen Abend ein junger Mann seine Wohnung, ein möbliertes Kämmerchen in der S… gasse, und trat auf die Straße hinaus; langsam, wie unentschlossen, schlug er die Richtung nach der K…brücke ein.

S…gasse? K…brücke? Warum nannte Herr Dostojewski nicht Straßen und Gassen beim Namen?, fragte Marko sich. Vielleicht, weil sie erfunden waren? Oder war es einfach unwichtig? Dann hätte er doch aber gleich *eine* Gasse und *eine* Brücke schreiben können?

Nach dem zweiten Absatz nahm Marko den Zeigefinger zum Lesen zur Hilfe, um nicht zwischen den klein gedruckten Zeilen zu verrutschen. Er rieb sich die Augen, kratzte sich am Hinterkopf. Immer, wenn einer der langen Sätze vermeintlich geschafft war, rutschte der Finger wieder ein Stückchen nach oben.

Er verstand die meisten der Wörter – außer Hypochon-drie. Das war also nicht das Problem. Doch viele von ihnen kannte Marko eben nur vom Hören. Geschrieben, und das fiel ihm erst jetzt auf, hatte er sie nie gesehen. *Sperrangelweit, angeekelt, Kleinkram, …* Das sah ungewohnt aus und erschwerte es ihm, sich auf die eigentliche Geschichte zu konzentrieren. Vor allem aber wie der Schriftsteller seine Worte angeordnet und kombiniert hatte, war kompliziert.

Marko atmete angestrengt durch die Nase aus. Beim Wiedereinatmen machte die Tasse Kaffee neben ihm auf sich aufmerksam. Er griff nach ihr, rührte um, pustete kurz und nahm einen kräftigen ersten Schluck.

Angewidert verzog er das Gesicht. Das war mit Abstand das Ekligste, das er jemals getrunken hatte! Zumindest, soweit er sich erinnern konnte. Es gab da dieses Foto von seinem ersten Geburtstag, auf dem ihm sein Opa ein großes Bierglas unter die Nase hielt und er mit gierigen Augen die Lippen ans Glas setzte. Aber das hier? So was tranken die Erwachsenen freiwillig? Jeden Tag? Mehrmals? Doch aufgeben kam für Marko nicht infrage. Auch wenn ihn niemand sehen konnte: Er musste es sich selbst beweisen. Mit Daumen und Zeigefinger hielt er sich die Nase zu, setzte die Tasse an und trank sie aus.

Nachdem er kurz in die Küche gerannt war, um mit reichlich kaltem Wasser direkt aus dem Hahn den Mund auszuspülen, nahm er wieder am Schreibtisch Platz. Er riss eine leere Seite aus seinem karierten Matheheft und notierte darauf folgende Punkte: Kaffee trinken, dicke Bücher lesen, den Regenwald retten, lange aufbleiben, den Walfang stoppen … Über die Stichpunkte setzte er in Großbuchstaben: ERWACHSEN SEIN. Zufrieden hakte er *Kaffee trinken* ab und nahm mit seinem Zeigefinger die zweite Seite des dicken Erwachsenenbuches in Angriff.

*

Melanie hatte sich mit ein paar Freunden bei den Tischtennisplatten zum *Abhängen* verabredet. Und da sie laut Plan an diesem Nachmittag für die Beaufsichtigung ihres Bruders eingeteilt war, blieb Marko keine andere Wahl als mitzukommen – ohne mit den Jugendlichen mit*rumhängen* zu dürfen, versteht sich. Blickkontakt ja, aber mit entsprechendem Abstand.

Gelangweilt schoben er und Robert sich auf dem kleinen, staubigen Schotterplatz seinen abgelederten Fußball zu. Die Tore auf dem Platz hatten keine Netze. Nur Holzpfosten. Einzig der zwei Meter fünfzig hohe Metallzaun hinderte den Ball daran, nervig weit fortzurollen. Ab und an schoss einer der beiden Jungen auf das leere Tor und ließ den Zaun kräftig scheppern.

Immer wieder schaute Marko zu seiner Schwester hinüber. Alle in der Gruppe rauchten. Wirklich alle. Er hatte Melanie vor ein paar Monaten das erste Mal mit einer Zigarette in der Hand gesehen. Er hatte sich nichts Besonderes dabei gedacht, schließlich rauchten die meisten Erwachsenen, die er kannte. Doch sie war ziemlich besorgt darüber gewesen und er musste ihr versprechen, ihren Eltern kein Sterbenswörtchen zu sagen. Im Gegenzug durfte er fortan immer, wenn sie an einem Dienstagabend alleine zu Hause waren, im Fernsehen Catchen gucken.

Jetzt nahm eine ihrer Freundinnen Melanie in den Arm. Marko konnte nicht verstehen, worum es ging, aber es sah so aus, als wenn sie wegen irgendetwas getröstet werden würde.

Zwei ältere Jungen betraten ohne eigenen Ball den Bolzplatz. Marko kannte sie vom Sehen. Sie gingen in die sechste Klasse seiner Schule. Einer der beiden war so dermaßen goldblond, dass Marko sich fragte, ob der Friseur des Jungen nicht heimlich die abgeschnittenen Haare aufbewahrte, um sie später teuer zu verkaufen.

Der andere gehörte ebenfalls zu den blonden Zeitgenossen, sein auffälligstes Merkmal aber war klar die Hasenscharte auf seiner Oberlippe. Deswegen wurde er von allen immer nur bei seinem politisch unkorrekten Spitznamen gerufen.

„Machen wir ein Spiel?“, fragte Politischunkorrekterspitzname schon von Weitem.

Marko erinnerte sich, wie er im Frühjahr bei einem Match auf dem Hinterhof der Randowstraße nicht mitspielen durfte. Angeblich, weil schon zu viele Spieler auf dem Platz waren – hatte der goldblonde Junge damals behauptet. Doch jetzt war *er* derjenige, der das Sagen hatte. Denn es war *sein* Ball.

„Keine Lust.“

„Ach kommt schon. Wer zuerst zehn Tore hat. Ihr könnt auch Deutschland sein.“

„Um was spielen wir?“

„Um die Ehre?“, bot der Goldblonde an.

Netter Versuch, dachte Marko. Er sah zu seiner Schwester hinüber und hatte eine Idee.

„Wenn wir gewinnen, dann besorgt ihr uns eine Packung Zigaretten, okay?“

„Zigaretten?“, fragte Politischunkorrekterspitzname, als wenn er schlecht hören würde.

„Okay. Ihr gewinnt ja sowieso nicht“, war sich der Goldblonde sicher.

„Und wir wollen sieben Tore Vorsprung“, fügte Marko fast beiläufig hinzu.

„Sechs“, versuchte der Blondere von beiden zu verhandeln.

„Sieben!“

„Na gut."

Mit dem Fuß zog Marko auf dem Schotterbelag eine Linie, an der Robert und er sich nebeneinander aufstellten. Sie legten die flache Hand aufs Herz und summten die deutsche Nationalhymne – so wie es die Fußballnationalmannschaft vor ihren Spielen tat. Marko war sich allerdings mit der Melodie nicht so ganz sicher. Übermäßig gut kannte er die Hymne nämlich nicht. Ein oder zwei Mal hatte die Klasse sie im Musikunterricht gesungen, aber lange nicht so häufig wie die alte. Und so fanden sich die beiden bald im Refrain der anderen Hymne wieder, die immer dann gespielt worden war, wenn die Leichtathleten mit den blauen Trainingsanzügen etwas gewonnen hatten. Mittlerweile trugen die deutschen Sportler aber weiße Trainingsbekleidung und Trikots, meist mit Rot abgesetzt oder nur mit schwarzen Hosen. Auch wenn Marko die blauen Anzüge besser gefallen hatten, versuchte er, die Kurve zum weißen Trainingsbekleidungslied zu kriegen, ohne aufzuhören und von Neuem anfangen zu müssen. Zum Abschluss winkte und klatschte er den imaginären Zuschauermassen im Stadion zu. Robert machte es ihm nach.

Nachdem sich die Großen darauf geeinigt hatten als Italien anzutreten, namentlich als Roberto Baggio und Ravanelli – die graue Feder –, konnte es endlich losgehen.

Noch Monate später erzählte man sich weit über die Grenzen des Hinterhofs hinaus, wie einst zwei Viertklässler zwei Sechstklässlern beim Fußball die Stirn geboten hatten. Wie die Sechstklässler zunächst wie die sicheren Sieger ausgesehen hätten, dann aber ein gewisser Marko Wedekind nicht nur ein, sondern sogar zwei Tore erzielen konnte. Und wie es der dicke Robert war, ob nun sehr glücklich oder nicht, absichtlich oder ungewollt, der den entscheidenden Treffer zum legendären 10:9 markierte. Wobei je nach Erzählung der anfängliche Vorsprung von sieben Toren großzügig verschwiegen oder als ausschlaggebender Faktor zur Rehabilitation der Sechstklässler hervorgehoben wurde.

Jedenfalls einigten sich Deutschland und Italien darauf, die Trophäe für den Sieger, eine Packung Zigaretten ungenannter Marke, am nächsten Abend beim Sommerfest zu überreichen.

Mittwoch, 17. Juni 1992

Auf die Frage, wer seinen *Vortrag vortragen* wolle, schnellte Markos Arm als erster in die Höhe. Doch auch die überwältigende Mehrheit seiner Mitschüler meldete sich. Frau Jonas ließ ihren Blick durch den Raum schweifen, während sie ihr Lehrerzeug aus ihrer Lehrertasche kramte. Dabei schien sie Marko überhaupt nicht wahrzunehmen.

„Robert."

Marko ließ den Arm nach unten auf den Tisch fallen. Er hatte die ganze Nacht nicht schlafen können und war erst kurz vorm Weckerklingeln eingeschlummert. Seine müden Augen folgten seinem neuen Banknachbarn auf dem Weg zur Tafel.

„Also, Robert, was machen deine Eltern beruflich und was willst du werden, wenn du mal groß bist?", fragte Frau Jonas.

„Ich möchte gerne Millionär werden."

„Ah ja …"

Die *ganze* Klasse war vor Marko an der Reihe gewesen! Jetzt stand Sindy mit S in ihrem violett-weißen Kleidchen vorn, als Vorletzte. Sie gehörte zu den zwei, drei Mädchen in ihrer Altersklasse, die sich bereits schminkten. Wozu auch immer das gut sein sollte. Mit ihrer aufwendigen Kriegsbemalung hatte sie an diesem Morgen bestimmt ewig vor dem Spiegel zugebracht.

„… und wenn ich groß bin, möchte ich Modedesignerin werden", beendete sie ihre Ausführungen.

„Danke Sindy. So, wer war noch nicht dran?"

Gequält hob Marko als Einziger den Arm und wurde aufgerufen. Er stand auf, ging nach vorn, stellte sich neben den Lehrertisch und begann vorzutragen.

„Mein Vater hat bis vor Kurzem in der Universität gearbeitet. Er hat dort den Menschen etwas über zwei Männer mit den Namen Vladimir Lenin und Karl Marx beigebracht."

Frau Jonas schaute von ihrem Klassenbuch, in dem sie Vermerke vermerkte, auf.

„Weißt du denn, wer diese Männer waren?"

„Schriftsteller. Wir haben ganz viele Bücher von ihnen zu Hause. Jedenfalls fährt mein Vater jetzt beruflich einen hellgelben Mercedes Benz 300 D, mit Automatikgetriebe und elektrischen Fensterhebern. Und meine Mutter hat Fülo … Fülosofie studiert. Momentan ist sie …", Marko stockte kurz, „… arbeitet sie als Umweltschützerin!", verkündete er.

„Die sitzt doch den ganzen Tag zu Hause und holt ihren Kleinen von der Schule ab!", tönte es aus der hintersten Reihe.

Ein Kichern brauste durch den Raum. Marko warf David den bösesten Blick zu, den er jemandem zuzuwerfen vermochte, ehe er zu Anna hinüberschaute. Sie lächelte. Sie lächelte *ihn* an! Alles war also gut, und David hatte mit seiner Bemerkung keinen größeren Schaden angerichtet. Laut und deutlich fuhr Marko fort.

„Sie ist gestern nach Brasilien gefahren, um dort den Regenwald zu beschützen …", sprudelte es aus ihm heraus.

„David hat recht! Das stimmt doch gar nicht!", mischte sich jetzt dieser verdammte Ecki ein.

„Natürlich stimmt das!“, empörte Marko sich.

„Ja, also … Vielen Dank, Marko. Dann setz dich bitte“, ergriff Frau Jonas auch mal wieder das Wort.

„Sie haben mich gar nicht gefragt, was ich werden will.“

„Entschuldige … Also was willst du werden, wenn du mal groß bist?“

„Tierschützer und Fußballtrainer.“

„Beides?“

Ja, natürlich beides! Was für eine dumme Frage! Immerhin hatte er dreiundzwanzig Sechsundzwanzigstel noch vor sich und wollte diese Zeit bestmöglich nutzen. Viele berühmte Menschen haben sich in mehreren Dingen hervorgetan. David Hasselhoff zum Beispiel: Der war ja nicht nur ein toller Sänger, sondern auch Schauspieler. Und eine ganze Reihe bedeutender Fußballtrainer waren vor ihrer Trainerlaufbahn als Spieler erfolgreich. Ob er ebenfalls Fußballprofi werden wollte, hatte Marko zu diesem Zeitpunkt noch nicht abschließend für sich entschieden. Aber Trainer auf jeden Fall.

„Beides“, antwortete er bestimmt.

*

Den verregneten Nachmittag nutzte Marko, um sich für das Sommerfest am Abend vorzubereiten. Er durchstöberte die Wohnung auf der Suche nach Streichhölzern und wurde in einer der vielen Küchenschubladen fündig. Später kramte er seine Liste hervor und studierte sie sorgfältig. Den Punkt *Rauchen* hatte er schon tags zuvor darauf ergänzt.

Da er der Erfahrung seiner Schwester mehr vertraute als seinen eigenen Schminkfähigkeiten, hatte Marko sich bereitwillig von Melanie helfen und einen braunen Vollbart ins Gesicht malen lassen. Auf ihrem Drehstuhl platziert, angestrengt bemüht, still darauf sitzen zu bleiben, wanderte sein Blick über den Schreibtisch seiner Schwester. Links und rechts der Arbeitsfläche ragten zwei Türme alles Mögliche in die Höhe. Zwischen Blättern und Kassetten, Heftern und Zeitschriften, lugte ein Buch mit dem Titel *Mann und Frau intim* hervor. *Sexualkunde!,* schoss es Marko durch den Kopf. Ein anscheinend besonders wichtiger Aspekt des Erwachsenseins. Schon öfter hatte er seine Mitschüler davon tuscheln hören, auch wenn sie erst im fünften Schuljahr darin unterrichtet werden würden. Ohne sich etwas anmerken zu lassen, beschloss er, bei Gelegenheit einen Blick in das Buch zu werfen.

Anschließend zog Marko sich um. Unter sein dunkelblaues Hemd, das er zum ersten und letzten Mal zu Oma Inges Geburtstag getragen hatte, steckte er sich ein Kissen als Bud-Spencer-Bauch. Darüber streifte er ein braunes Ding aus dem Kleiderschrank seines Vaters, das eigentlich eine Weste sein sollte, welche er aber als kurzärmligen Mantel trug.

Melanie brachte ihn bis ans Schulhoftor, wo Robert sie bereits erwartete. Als Verkleidung hatte der sich lediglich ein rot-blau kariertes Holzfällerhemd angezogen und die Ärmel hochgekrempelt. Nachdem Melanie Marko zum hundertsten Mal daran erinnert hatte, dass Alfred ihn um 21 Uhr abholen würde – was er, anders als die neunundneunzig Mal davor, mit einem *Ja doch!* statt mit einem Augenrollen beantwortete –, betraten Robert und er das Foyer der Schule. Aufgrund der Witterung war das Sommerfest nach drinnen verlegt worden und die Festivitäten bereits in vollem Gange. Kinder spielten von Lehrern organisierte Spiele, kauften und verkauften Süßes beim Kuchenbasar oder hopsten bei der Kinderdisco zur Musik von *Doktor Albern*, *Äis of Bäis* und David Hasselhoff um die Wette. Vor allem aber: Niemand war verkleidet! Um die beiden herum versammelten sich neugierige, grinsende und lachende Gesichter. Und auch wenn er sie nirgends sehen konnte, glaubte Marko vor allem Sindy mit S lachen zu hören. Sie musste ihn bösartig angeschwindelt haben, als Rache, weil er nicht mit ihr spielen wollte. Er lief knallrot an, zog das Kissen unter seinem Hemd hervor und versuchte in der Schülermenge unterzutauchen. Jetzt galt es, den Bart loszuwerden.

Auf dem Weg zu den Toiletten rannte Marko Anna in die Arme – nicht als amerikanische Ureinwohnerprinzessin verkleidet, nur als sie selbst.

„Hallo …“, hörte er sich sagen.

„Hallo! Du hast dich verkleidet?“

„Ich bin Bud Spencer …“, sagte er wie selbstverständlich.

„Ach so“, nahm Anna genauso selbstverständlich zur Kenntnis.

Marko starrte sie wortlos an und überlegte krampfhaft, was er als Nächstes sagen könnte. Dabei war der Plan längst geschmiedet. Und endlich fiel er ihm auch wieder ein.

„Also was ich fragen wollte … Hast du Lust, bei uns

in der Tierschutzgruppe mitzumachen?“ Er schluckte kurz. „Wir treffen uns jeden Donnerstag oder Freitag und machen Aktionen, um die Tiere und die Natur zu retten.“

„Ja, hat Ecki mir schon von erzählt.“

Marko war einen Moment lang aus dem Konzept gebracht, als er den Namen seines Widersachers vernahm, fand aber zurück in die Spur.

„Wir treffen uns immer direkt nach der Schule bei Sindy mit S zu Hause. Morgen zum Beispiel!“

„Ok.“

„Du kommst?“, fragte Marko ungläubig.

„Ist deine Mutter wirklich gerade in Brasilien den Regenwald retten?“, wechselte Anna das Thema und irgendwie auch nicht.

„Ja natürlich. Ich schwöre!“

Um seinen Worten Nachdruck zu verleihen, hob Marko Zeige- und Mittelfinger seiner linken Hand in die Luft. Das hatte er so im Fernsehen gesehen. Anna lächelte.

„Ja, ich komm gern zum Treffen.“

Markos Herz machte zwischen zwei dumpfen Schlägen einen quietschenden Hüpfer. Er lief los, drehte sich aber noch mal zu Anna, um sich ordentlich zu verabschieden.

„Also, bis morgen dann …“, rief er ihr zu.

Da erblickte er Ecki, der neben Anna stand und ihr einen Becher mit Kinderbowle reichte. Marko wandte sich ab und steuerte unerschrocken auf Politischunkorrekterspitzname zu, der in einem Pulk von Sechstklässlern in einer dunklen Ecke des Foyers herumlungerte. Von seinem goldblonden Kumpel war nichts zu sehen.

Politischunkorrekterspitzname zog Marko in den finstersten Winkel der dunklen Ecke, wo krampfhaft unauffällig eine Packung Zigaretten den Besitzer wechselte.

Die Kunde verbreitete sich unter den Viertklässlern wie eine angesteckte Zündschnur: Marko hatte Zigaretten! *Richtige* Zigaretten – keine aus Kaugummi oder Schokolade. Eine Gruppe von Jungen und einem Mädchen bildete sich, die sich mit ihm vom Sommerfest absetzte und auf den Schulhof folgte. Hinter der Turnhalle holte Marko Kippen und Streichhölzer hervor, setzte eines der länglichen Tabakröllchen an den Mund und zündete es an.

„Du musst richtig tief einatmen. Nicht Backe!“, rief Sindy mit S.

„Mach doch selber“, entgegnete ihr einer der Jungen mit gedrosselter Stimme.

„Lass mich auch mal!“, forderte ein Dritter.

Die Zigarettenschachtel wanderte umher. Jeder zündete sich ebenfalls *eine* an. Auf Husten folgte Kichern. Nach-Luft-Japsen und Gelächter wechselten sich ab.

Marko genoss den Augenblick. Zwar schmeckte die Zigarette furchtbar, und er würde die Geschmacksverirrungen der Volljährigen nie verstehen, doch mit seinem Vollbart im Gesicht und der Kippe lässig im Mundwinkel fühlte er sich wie ein richtiger Erwachsener.

In Zufriedenheit versunken bemerkte Marko zu spät, wie die anderen panisch Reißaus nahmen. Und bevor er realisierte was los war, hatte Tritt-mich ihn am Kragen gepackt.

*

Alfred steuerte den beigefarbenen Mercedes, der nicht ihm sondern seinem Chef gehörte, durch die abendliche Innenstadt. Das Taxizeichen auf dem Autodach war ausgeschaltet. Vom Beifahrersitz aus schaute Marko stumm aus dem Seitenfenster, wie die Leuchtreklamen der Shops und Bars, der Banken und Apotheken an ihnen vorbeiflogen, während es dunkler und dunkler wurde.

„Dir ist schon klar, dass ich wegen deinen Dummheiten früher Feierabend machen musste“, sagte Alfred mehr, als dass er fragte, nachdem er zuvor eine ganze Zeit lang demonstrativ geschwiegen hatte. Schuldbewusst sah Marko seinen Vater an.

„Tut mir leid …“

„Und Rauchen? Wie kommst du denn auf so einen Blödsinn?“

Marko antwortete nicht.

„Na ja, ich werds deiner Mutter nicht erzählen. Übrigens hat Mama angerufen“, schien Alfred in dem Zusammenhang einzufallen. „Sie ist gut in Brasilien angekommen und du sollst dir keine Sorgen machen.“

„Warum sollte ich mir Sorgen machen?“

„Ach, das sagt man doch nur so“, erwiderte Alfred unwirsch.

Er parkte den Wagen auf einem Gelände, das von Autos mit Taxizeichen nur so wimmelte. Sie liefen ein Stück das hellgelbe Meer entlang, dann bogen sie nach links auf die Straße vor dem Fuhrpark ein.

„Papa?“

„Hm?“

„Bist du in Mama verliebt? Oder liebst du sie?“

Marko glaubte zu hören, wie sein Vater die Stirn runzelte. Sehen konnte er es wegen der Dunkelheit nicht.

„Was ist denn das für eine Frage? Wie kommst'n jetzt darauf?"

„Nur so … Also?"

Alfred atmete tief aus, ohne seine Schritte zu verlangsamen.

„Sich in jemanden verlieben ist mehr so, wenn man sich kennenlernt. Also am Anfang."

„Und warst du in Mama *verliebt,* am Anfang?"

„Ja natürlich!"

„Und *liebst* du Mama?"

„Ja", sagte Alfred, ohne länger darüber nachzudenken.

„Und warum streitet ihr dann immer?"

„Aber doch nicht *immer.* Ab und zu mal. Und das kommt halt vor, wenn man so lange zusammenlebt."

„Aber woher merkt man, ob man jemanden liebt oder nicht? Und was macht man, wenn man es merkt?", ließ Marko nicht locker.

„Man spürt es einfach. Und dann haben Mama und ich ja auch bald geheiratet."

Als die beiden den senffarbenen Trabant der Familie erreichten, schaute Alfred um sich. Ringsherum war es menschenleer und ganz bestimmt niemand beobachtete sie beim Einsteigen. Marko hätte gerne noch weiter mit seinem Vater über Erwachsenendinge gesprochen, doch Alfred schaltete das Radio in einer Lautstärke ein, die seinem Sohn deutlich zu verstehen gab, dass er jetzt nicht mehr zu reden wünschte.

*

Zufrieden hakte Marko *Rauchen* als erledigt ab und setzte einen weiteren Punkt auf seine Liste: *Heiraten → Anna!* Nachdem er sich die anderen Stichpunkte in Erinnerung gerufen hatte, verstaute er den Zettel in der Schublade seines Schreibtisches.

Alfred klopfte am Türrahmen und trat mit einem selbst gebastelten Schlüsselband ein. An der dicken Schnur baumelten ein Wohnungs- und ein Haustürschlüssel.

„Hier … Ich dachte, wir probieren's mal."

Freudestrahlend nahm Marko die Schlüssel entgegen.

„Aber nicht verlieren!", ermahnte Alfred ihn überflüssigerweise.

„Nee …", entgegnete er und umarmte seinen Vater.

„Gute Nacht."

„Nacht, Papa."

Alfred löschte das Licht beim Hinausgehen.

Mit einem stolzen Lächeln lag Marko im Dunkeln. Innerhalb von zwei Tagen hatte er es geschafft, zwei Punkte seiner Liste abzuarbeiten. Und es hatte genauso lange gedauert seinen Vater davon zu überzeugen, dass er alt genug war, um selbst Verantwortung zu übernehmen. Soweit lief alles nach Plan.

Donnerstag, 18. Juni 1992

Das Tierschutzgruppentreffen fand bei Sindy mit S zu Hause statt. Eigentlich wollte Marko noch sauer auf sie sein, wegen der Sache mit dem Sommerfest. Aber sie hatte nun mal das mit Abstand größte Zimmer aller Mitglieder. Und irgendwo mussten sie sich ja versammeln – vor allem wenn es, so wie an diesem Tag, ununterbrochen regnete. Dabei war Marko gerade heute sehr daran gelegen, dass das Treffen stattfand. Denn neben der Gastgeberin und ihm selbst, Heiko, Cindy mit C und natürlich Robert, war auch Anna gekommen. Ecki fehlte zum allerersten Mal seit der Gründung der Gruppe. Mag sein, dass Marko ihm den Treffpunkt und die Zeit nicht so genau mitgeteilt hatte. Aber angelogen hatte er ihn ganz bestimmt nicht. Und jeder, der das behauptete, war selbst ein Lügner!

„… denn wenn ihr die neue Ausgabe der *MICKY MAUS* kauft, kauft ihr gleichzeitig zehn Quadratmeter Regenwald in Brasilien“, hielt Marko seine Ansprache, bei der er sich bemühte, allen Teilnehmern gleich viel seiner Aufmerksamkeit zu widmen, aber immer wieder bei Anna hängen blieb.

Er hielt seine bunte Urkunde in die Höhe und deutete mit seinem Zeigefinger auf die Zeile, in der er seinen Namen eingetragen hatte.

„Und was sollen wir damit machen?“, fragte Robert und gab ungewollt das perfekte Stichwort.

„Ist doch ganz einfach: Die Fläche an Regenwald, die wir besitzen, darf nicht abgeholzt werden. Denn wir sind ja die Besitzer und bestimmen, was damit passiert.

So retten wir viele Tiere und Pflanzen und verhindern eine Vergrößerung des Ozonlochs. Meine Mama ist auch gerade in Brasilien, um dort den Regenwald zu beschützen."

Die anderen applaudierten anerkennend.

„Also lasst uns alle ein Regenwald-Grundstück kaufen!", pflichtete Sindy mit S ihm kämpferisch bei.

Obwohl Marko die Gruppe damals gemeinsam mit Martin und Ecki ins Leben gerufen hatte, fühlte sie sich wie die Vorsitzende, nur, weil sie sich meist bei ihr zu Hause trafen. Jetzt schielte Sindy mit S auf das vollgekritzelte Blatt Papier vor sich, um den letzten Tagesordnungspunkt zu entziffern.

„Als Nächstes ist unsere Unterschriftenaktion gegen den Walfang dran. Sollen wir dafür Sammelgruppen einteilen?" Sie schaute fragend um sich. „Wer ist dafür?"

Alle meldeten sich.

„Ichsammelmitanna!", rief Marko, noch bevor die Arme wieder unten waren. „... da kann ich ihr zeigen, wie wir das so machen", erklärte er.

Auf dem Gesicht von Sindy mit S winterte es.

*

„Ich kauf mir auch ein Stück Regenwald", flüsterte Anna Marko ins Ohr, während sie darauf warteten, dass ihnen die nächste Wohnungstür geöffnet wurde.

Sie hatten den gesamten Aufgang Nummer fünfzehn vom Erdgeschoss bis hoch zur elften Etage abgearbeitet und waren über die Trockenräume in die Siebzehn hinübergelangt. Leider hatten sich erst vier Bewohner dazu durchringen können, auf ihrem karierten A4-Block zu unterschreiben.

Marko presste noch mal seinen Finger auf die Türklingel.

„Dann können wir ja zusammen dort hinfahren!“, antwortete er euphorisch. „Zu unseren Grundstücken nach Brasilien, mein ich.“

„Ich glaube, das ist sehr weit weg. Man muss auf alle Fälle fliegen. Bist du schon mal geflogen?“

„Nee. Du?“, fragte Marko.

„Ja klar! Nach Fuerteventura und zurück, nach Tunesien und zurück, nach New York und zurück, nach …“

Die Wohnungstür wurde mit Wucht von einem Mann geöffnet, der fast genauso breit wie hoch war. Marko schätzte ihn auf mindestens eintausend Kilo.

„Ja!?“, raunzte der schwere Mann ihnen entgegen.

„Schönen guten Tag!“, begann Marko. Das machte man so. Er hatte mal einen Vertreter für Versicherungen dabei beobachtet, wie er von Haushalt zu Haushalt ging und den Leuten am Anfang immer erst einen ‚Schönen guten Tag‘ wünschte. „Wir sind von einer Tierschutzgruppe und sammeln Unterschriften wegen dem Walfang in Norwegen und Japan. Also dagegen …“

„Ha!“, entfuhr es dem schweren Mann. Gleich darauf schlug er ihnen die Tür vor der Nase zu.

Marko und Anna schauten sich an, zuckten kurz mit den Schultern und gingen zur benachbarten Wohnungstür hinüber. Diesmal klingelte Anna.

„Außerdem spricht man dort Brasilianisch“, sagte sie.

„Mhm?“

Ein sich sehr klein anhörender Hund fing an zu kläffen.

„Na, in Brasilien! Sprichst du Brasilianisch?“

„Nee …“

„Und deine Mutter?“

Marko stutzte. Darüber hatte er sich in der Tat noch keine Gedanken gemacht.

„Weiß nicht, wie sie das anstellt …“

Mit lauten *Klack- und Klick*-Geräuschen wurden von innen zwei Schlösser geöffnet. Eine alte Frau sperrte die Tür einen Spalt weit auf und schaute die Kinder unter der Türkette hindurch besorgt an. Anna ergriff das Wort.

„Schönen guten Tag! Wir haben einen Brief an die norwegische Ministerpräsidentin geschrieben, damit sie endlich den Walfang verbietet. Und nun suchen wir nach vielen Leuten, die diesen Brief mit uns unterschreiben.“

„Tut mir leid, Kinder. Ich kann euch leider kein Geld geben.“

„Sie sollen uns ja auch kein Geld geben, sie sollen nur unterschreiben“, klärte Marko auf.

„Ich möchte aber wirklich keinen Ärger …“

Anna und Marko spielten ihren letzten Trumpf aus: den kindlichen Hundeblick.

Die alte Dame seufzte. „Na meinetwegen.“

Sie unterschrieb, die beiden Umweltaktivisten bedankten sich artig, und schon war die Tür wieder zu. *Klick. Klick.* Und *Klack. Klack. Klack.* Routiniert stiefelten Anna und Marko eine Etage weiter nach unten und klingelten an der ersten Tür auf der linken Seite. Aus der Wohnung dröhnte laute Musik. Nicht unbedingt solche, die im Radio lief oder die, die sie im Musikunterricht wieder und wieder vorgespielt bekamen und mit Violinschlüssel, halben und Achtelnoten auf Papier zu bringen versuchten. Es war eher eine Art rhythmischer Lärm. Und der Sänger sang auch nicht, er schrie.

„Wir wollen nächste Woche einen Fahrradausflug zur Malchower Aue machen. Willst du mitkommen?“, fragte Anna laut gegen die Musik an.

Marko lächelte. Erst hatten sie den ganzen Nachmittag miteinander verbracht und nun lud sie ihn zu einem Ausflug in die Malchower Aue ein, wo er sowieso schon immer mal hinwollte. Ecki könnte ja Sindy mit S heiraten, Anna jedenfalls … Das Lächeln fror auf seinem Gesicht ein. Hatte sie Fahrradausflug gesagt?

„Äh, mal schauen. Weiß ich noch nicht“, versuchte er möglichst *cool* zu klingen. Dabei musste er schlucken, was seine Coolheit dann doch irgendwie sabotierte. Er klingelte nochmals an der Tür.

„Na gut“, erwiderte Anna, wobei Marko unmöglich heraushören konnte, ob sie enttäuscht war oder nicht. „Ich muss jetzt langsam nach Hause“, sagte sie aber.

„Sammeln wir morgen weiter? Ich kann dich nach der Schule abholen!“

„Weißt du denn, wo ich wohne?“

„Äh … nein“, gestand Marko. Er hatte angenommen, sie würde in einer der beiden Straßen leben, in denen alle aus seiner Klasse wohnten.

Anna riss ein Blatt aus dem karierten A4-Block. Während sie darauf konzentriert in schönster Schönschrift ihre Wegbeschreibung malte, studierte Marko ungestört ihr Gesicht. Sie hatte große Ähnlichkeit mit Cleopatra aus dem Asterix-Kinofilm. Ihre Nase war klein und stupsig. Links unter ihrer Kinnspitze hatte sie einen winzigen Leberfleck.

Fertig mit der Zeichnung, drückte sie ihm das wertvolle Stück Papier in die Hand und verabschiedete sich. Marko sah ihr hinterher, bis sie die Treppe hinunter verschwunden war. Ein letztes Mal klingelte er an der Wohnungstür. Da riss ein junger Mann mit kahl geschorenem Schädel die Tür auf und schaute ihn mit hasserfülltem Blick an.

„Was?!", schrie der Kahlkopf ihm entgegen.

Marko fragte sich, warum der Mann mitten im Juni Stiefel in der Wohnung trug. Der Sommer war zwar kalt und regnerisch, aber sooo kalt nun auch wieder nicht.

„Nichts. Falsche Tür", beeilte er sich zu antworten und machte sich davon.

*

Zurück daheim saß Marko auf seinem Bett und kämpfte sich mit dem Zeigefinger durch das dicke Erwachsenenbuch. Die Sätze waren lang und beschwerlich. Nur mühsam kam er voran. Ein junger Mann, er hieß Ras-kol-ni-kow, hatte Geldprobleme und irgendetwas verwirrte ihn. Er ging in seiner Lumpenkleidung siebenhundertdreißig Schritte zu einem Haus – zur Probe. Wofür genau er probte, hatte Marko nicht verstanden oder es war noch nicht beschrieben worden. Jedenfalls klingelte Ras-kol-ni-kow bei einer *verhutzelten Alten* mit einem *dünnen, langen Hals, der mit einem Hühnerbein Ähnlichkeit hatte,* und gab ihr als Pfand eine silberne Uhr. Dafür bekam er etwas Geld – genau einen Rubel und fünfzehn Kopeken. Marko kombinierte, dass der Rubel die sowjetische Mark sein musste und Kopeken die Pfennige, denn die Geschichte spielte ja in St. Petersburg und das lag in Russland, stand zumindest im Einband. Und Russland, wusste Marko, war der alte Name für die Sowjetunion. Doch nicht nur, dass Marko nicht klar war, was *St.* bedeutete, er konnte *S T* Petersburg weder auf seinem Globus noch in seinem Kinderlexikon *Von A(nton) bis Z(ylinder)* finden. Das war insofern sonderbar, weil die Stadt in der Geschichte den Eindruck machte, ziemlich groß zu sein und eigentlich alle großen Städte der Sowjetunion auf den Karten eingezeichnet waren: Moskau, Riga, Kiew, Leningrad (wie der Schriftsteller?), Minsk, Pinsk, O-dessa, Kasan, Wolg-o-grad, Wla-di-wos-tok … aber kein *St.* Petersburg.

Auf Seite sechzehn und damit am Ende des ersten Kapitels angekommen, legte Marko das Erwachsenenbuch beiseite. Für den Punkt *Dicke Bücher lesen* hatte er an diesem Tag wahrlich genug getan. Und auch was *Heiraten → Anna!* anging, war er ordentlich vorangekommen. Doch er durfte nicht nachlassen. Er schloss die einzige abschließbare Schublade seines Schreibtisches auf und entnahm ihr seinen roten Plastiksafe. Marko öffnete den Tresor mit der geheimen Zahlenkombination, die nur er kannte. Darin verwahrte er seine gesamten Schätze: Einen halben Stein mit einem Kern aus Naturkristallen, den er auf einem Wochenendmarkt erstanden hatte, gleich drei 50-Pfennig-Stücke aus dem Jahre 1949 mit dem Aufdruck „Bank Deutscher Länder“ sowie all sein Bargeld. Marko zählte die vielen kupferfarbenen Münzen, steckte sie in seinen Geldbeutel und verstaute den Safe wieder in der Schublade.

Melanie wischte mit der Hand den Vorhang zur Seite

und trat mit ein paar Klamotten unterm Arm in Markos Zimmerhälfte.

„Sag mal, hast du nicht Lust, einfach zu dem Konzert mitzukommen, von dem ich letztens erzählt habe?“

„Du meinst, ein Konzert für Erwachsene?“, fragte Marko ungläubig.

„Ja oder nein? Das wird bestimmt lustig, wirst sehen!“

Marko versuchte, seine aufkommende Begeisterung zu unterdrücken und zuckte cool mit den Schultern.

„Vonmiraus.“

„Na siehste. Hattest zwar sowieso keine Wahl, aber ich wollte wenigstens gefragt haben. Und Papa brauchste davon nicht unbedingt erzählen. Okay? Ich bin duschen.“

„Okay.“

Sein erstes Livekonzert! Das war erwachsen UND cool! Vielleicht sollte er das auf seine Liste setzen? Marko hörte Melanie die Badezimmertür schließen, wartete ein paar Augenblicke, stand auf und steckte seinen Kopf durch den Vorhang. Das Zimmer seiner Schwester war wie immer deutlich unaufgeräumter als seine Hälfte. Kleidungsstücke lagen genauso im Raum verteilt wie aufgeschlagene Bücher. Wenn sie ihn erwischen würde, gäbe es hundertprozentig Ärger. Er beeilte sich zu ihrem Schreibtisch und schnappte sich das Sexualkundebuch, als in der Stube das Telefon klingelte. Marko erstarrte. Doch Melanie konnte das Klingeln wohl nicht hören, denn sie blieb im Bad, und Alfred hatte ihm erst vor ein paar Tagen wieder eingebläut, dass er nicht an den Apparat gehen sollte. Nachdem es neunmal geläutet hatte, gab der Anrufer auf. Marko setzte sich auf sein Bett und blätterte in Melanies Buch. Es war in drei Abschnitte unterteilt: *Grundlagen des Geschlechtslebens, Intimverhalten und Sexualstörungen* sowie *Varianten und Abarten der Sexualität.* Schon bei den Teilüberschriften ahnte Marko, dass dieses Buch wohl noch schwerer zu verstehen sein würde als das andere Erwachsenenbuch. Koitus? Frigidi-tät? A-norga-smie? Ex-hi-bi-ti-o-nis-mus (wieder so ein -ismus!)? Was sollte all das sein? Er entschied sich für das Kapitel über die weiblichen Geschlechtsorgane und begab sich, mit dem Zeigefinger voran, auf die Reise: *An den äußeren Geschlechtsorganen der Frau fällt zunächst der behaarte Schamberg auf, auch Venushügel genannt. (Die Bezeichnung „Scham" für die äußeren Geschlechtsorgane hat sich bis heute aus einer Zeit erhalten, in der die Namensgebung der Wissenschaftler noch durch vorherrschende Moralvorschriften verwirrt war.) Die Schamhaare wachsen bis zu den äußeren Rändern der großen Schamlippen, zwei mit Fett unterpolsterten Wülsten, die normalerweise die dazwischenliegende Schamspalte verschließen und sich bei vielen Frauen in sexueller Erregung öffnen können. Unmittelbar links und rechts des Scheideneingangs erheben sich, eine spindelförmige Spalte bildend, die beiden kleinen Schamlippen (Nymphen). Sie bestehen aus zwei haarlosen, weichen, mit Talgdrüsen versehenen Hautfalten, die mit zahlreichen Empfindungsnerven und Blutgefäßen ausgestattet sind und sich bei sexueller Erregung mit Blut füllen, anschwellen und dadurch etwas aufrichten können. In ihren unteren Teil münden die BARTHOLINISCHEN Drüsengänge, die im Verlauf der sexuellen Kontakte einige Tropfen farblosen, schleimigen Sekrets abgeben. Oben werden die kleinen Schamlippen schmaler und laufen am Kitzler (Klitoris) zusammen.*

Markos Kopf qualmte. Da draußen in der Welt warteten so dermaßen viele komplizierte Sachen auf ihn. Würde er sie eines Tages verstehen? Er blätterte weiter durch das Buch, betrachtete die schwarz-weißen Zeichnungen und las die Bildunterschriften. *X- und Y-Chromosomen, Längsschnitt durch den Hoden, die erogenen Körperzonen der Frau, Veränderungen an den weiblichen Geschlechtsorganen im Verlauf des Sexualzyklus, …*

Er legte das Buch beiseite und schlich in Richtung Bad. Er konnte nicht anders, als durch das Schlüsselloch der Badezimmertür zu spähen. Er hatte Melanie schon ein paar Mal kurz ohne Büstenhalter gesehen – neulich erst wieder, als sie ihn mit dem Monchhichi beworfen und aus dem Zimmer gejagt hatte. War sie deshalb so sauer gewesen? Weil er ihre *sekundären Geschlechtsmerkmale* abgeguckt hatte? Er beobachtete sie dabei, wie sie mit dem Rücken zur Tür unter der Dusche stand. Mit den Händen kämmte sie sich ihr nasses Haar nach hinten. Mit dem Griff zur Shampooflasche drehte sie sich zur Tür. Marko zuckte zusammen. Die Zeichnungen und Begrifflichkeiten aus dem Buch schossen ihm durch den Kopf. Er wandte sich ab und verschwand so leise wie möglich in seinem Zimmer. *Noch so viel zu verstehen,* dachte er.

Freitag, 19. Juni 1992

Mit dem Schulranzen auf dem Rücken betrat Marko die Buchhandlung in der winzigen Einkaufspassage gegenüber seines Elfgeschossers. Hinter dem Verkaufstresen stand eine Frau mit heller Dauerwelle. Er steuerte direkt auf sie zu und verlangte nach einem Brasilianisch-Lehrbuch.

„Du meinst sicher ein Lehrbuch für Portugiesisch“, entgegnete die Buchhändlerin mit einem besserwisserischen Lächeln.

„Nein. Brasilianisch“, hielt Marko dagegen.

„Es gibt aber keine Brasilianisch-Lehrbücher, weil man in Brasilien nicht Brasilianisch, sondern Portugiesisch spricht“, erklärte seine Gegenüberin ungefragt.

Marko war nicht übermäßig beeindruckt.

„Haben Sie nun ein Brasilianisch-Lehrbuch oder nicht?“

Die Frau lächelte nicht mehr.

„Ich hab dir doch gerade erklärt, dass …“

„Wir haben noch ein paar hinten im Lager, schauen Sie da mal nach, Claudia“, mischte sich eine Frau mit dunkler Dauerwelle ein.

Wahrscheinlich die Chefin, dachte Marko. Wenigstens wusste *die* Bescheid. Die hellgedauerwellte Verkäuferin verstummte. Blitze schossen aus ihren Augen. Zurück aus dem Lager reichte sie Marko unwirsch das Buch, während er sein Geld in kupferfarbenen Türmchen auf dem Tresen aufstapelte.

„Können Sie es bitte als Geschenk einpacken?“

Mit Annas Zettel in der linken Hand und seinem Geschenk in der rechten schlenderte Marko staunend durch ihre Wohnsiedlung. Auch wenn man von Weitem seinen Elfgeschosser sehen konnte, so wähnte er sich doch in einer vollkommen anderen Welt. Keines der Häuschen war höher als zwei Stockwerke und jedes von ihnen sah unterschiedlich aus! Und alles war so grün. Blüten blühten, Rasenmäher ratterten und der Duft frischgemähten Grases lag in der Luft.

Annas Wegbeschreibung führte Marko an eine abgeschlossene Gartenpforte vor einem schneeweißen Haus mit rot-orangenem Ziegeldach. Es dauerte eine Weile und brauchte mehrmaliges Klingeln, ehe sich eine männliche Stimme über die Wechselsprechanlage meldete und sich mit einem Summen das Gartentor öffnete. Marko versteckte das Geschenk hinter seinem Rücken und trat ein.

Ein Mann, der ungefähr genauso alt wie Alfred war und trotzdem schon graue Haare hatte, stand in der geöffneten Haustür.

„Anna ist noch nicht wieder zurück“, sagte der Grauhaarige, der Annas Vater sein musste, nachdem Marko sich vorgestellt hatte. „Du kannst hier auf sie warten. Komm solange rein!“

Marko dehnte seinen Hosenbund, steckte sich das Geschenk unter sein T-Shirt und trat ins Haus.

In der großen Küche, die direkt in das noch größere Wohnzimmer überging, stand Annas Vater an der Arbeitsplatte und schnitt allerlei Obst, von dem Marko zwei Fünftel nie zuvor gesehen hatte – und schon gar nicht gegessen. Er setzte sich auf einen Stuhl zwischen

Wohn- und Essbereich und beobachtete Annas Vater mit als Aufmerksamkeit getarntem Misstrauen.

„Müssen Sie nicht arbeiten?"

„Ich war heute schon arbeiten. Freitags kann ich meist früher nach Hause."

„Anna hat erzählt, Sie sind der Chef beim Arbeitslosenamt?"

„Das heißt zwar etwas anders, aber im Prinzip ist das richtig, ja."

„Danke", sagte Marko.

„Wofür?", fragte der Vorsitzende aller Beschäftigungslosen.

„Dass Sie meiner Mutter die neue Arbeit gegeben haben."

„Nicht ich persönlich … Aber toll, dass das geklappt hat! Was macht deine Mutter denn?"

„Na, sie ist doch jetzt in Brasilien und rettet dort den Regenwald."

Annas Vater schaute Marko verwundert an.

„In Brasilien? Das ist ja spannend! Wobei wir eigentlich gar nicht … Deine Mutter ist Biologin, ja? Oder Dolmetscherin?"

„Nein, sie hat Fülosofie studiert", klärte Marko auf.

„Und was hat sie gearbeitet, bevor sie nach Brasilien gefahren ist?"

„Vorher war sie meistens zu Hause. Sie hat aber auch sehr viele Vor-Stellungs-Gespräche gehabt."

„Und jetzt ist sie zum Arbeiten nach Brasilien gegangen?"

Er nickte. Annas Vater summte Ratlosigkeit.

„Willst du ein Stück Granatapfel?", fragte er endlich.

Marko bejahte. Sein vielleicht zukünftiger Schwiegervater viertelte gekonnt das Ding, das von außen schon irgendwie wie ein Apfel aussah und von innen so gar nicht. Er reichte ihm zwei Viertel und drehte sich wieder zur Arbeitsfläche, um weiter vor sich hin zu zerkleinern und zu schneiden. Marko musterte das seltsame Obst. Er beäugte es von allen Seiten, ehe er von der dunkelgefärbtesten Ecke abbiss, das Stück mit Schwierigkeiten zerkaute und hinunterwürgte. Das komplette Gegenteil von lecker – schon wieder eine dieser Geschmacksverirrungen der Erwachsenen, dachte er.

Da wurde deutlich hörbar die Haustür aufgeschlossen.

„Ah, das muss sie sein", sagte der grauhaarige Vater mehr zu sich selbst. „Annchen, du hast Besuch!", rief er ihr entgegen.

Anna spähte zur Küche hinein.

„Hallo Marko!"

Markos Gesicht hellte sich auf.

„Hallo Marko …", frotzelte ihn eine zweite Stimme an, die gleich darauf Annas Vater artig begrüßte.

Erst da erspähte er seinen ehemals zweitbesten Freund Ecki hinter Anna stehen. In Markos Miene ging die Sonne unter.

„Hallo …", erwiderte er schattig.

„Ich hab mit Ecki heute schon über dreißig Unterschriften gesammelt! Toll, nicht!?", verkündete Anna stolz.

„Ja …", brummte Marko nur, unfähig, ihre Begeisterung zu teilen.

„Die Leute sind hier irgendwie freundlicher als bei dir in der Gegend. Und Ecki hat sich auch ein Stück Regenwald gekauft!"

Marko versuchte zu lächeln, aber es fiel ihm ungemein schwer, seine zusammengezogenen Augenbrauen auseinanderzuschieben, ohne dafür seine Finger zu Hilfe zu nehmen.

„Wollt ihr auch ein Stück Granatapfel?", fragte Annas Vater die beiden Neuankömmlinge.

Marko tastete nach dem Geschenk in seinem Rücken, noch immer den pelzigen Geschmack auf seiner Zunge. Anna und Ecki pickten die roten Kerne aus den Granatapfelvierteln heraus und steckten sie sich in den Mund. Wo hatte Ecki bloß gelernt, diese Dinger richtig zu essen? Marko rutschte von seinem Stuhl herunter.

„Ich muss jetzt gehen."

„Aber wir wollten doch heute weitersammeln?", fragte Anna erstaunt.

„Geht nicht …", beeilte Marko sich zu sagen und schlängelte sich an den beiden vorbei aus der Küche in den Flur. Dort schnappte er sich seine Schuhe und öffnete die Tür.

„Willst du die Unterschriften gleich mitnehmen oder sollen wir die zum nächsten Treffen mitbringen?", rief Anna ihm hinterher.

„Zum nächsten Treffen reicht … Na dann, bis dann …", stürmte er zur Tür heraus.

*

Marko saß auf der steinernen Umrandung eines verwilderten Blumenbeetes und beobachtete eine Gruppe älterer Herren, die sich am Imbisswagen vor der Kaufhalle versammelt hatte. Sie waren allesamt schick gekleidet, trugen Sakkos und Anzughosen. Doch die Sachen waren alt, abgetragen und dreckig. Links außen stand Egon. Er hatte sich in Rage geredet, gestikulierte wild und brüllte auf die anderen Herren ein. Es ging um Politik. Die Männer versuchten, sein Gebaren zu ignorieren und diskutierten unter sich.

Marko wandte sich von dem Schauspiel ab und widmete sich der grünen Schnur um Annas Geschenk in seinen Händen. Er zog an der Schleife, doch anstatt sich zu öffnen, festigte sich der Knoten. Vorsichtig schob er das gekreuzte Band nach außen – auf der einen Seite nach links, auf der anderen Seite nach oben. Je weiter er sich den Ecken näherte, desto mehr Widerstand leistete das Geschenkpapier und riss ein. Ungestüm entledigte Marko sich des restlichen Papiers. Er öffnete das Lehrbuch und begann darin zu lesen. Lektion eins, Übung eins.

João: Olá! Eu me chamo João. Eu tenho vinte e três anos. (Hallo! Ich heiße João. Ich bin dreiundzwanzig Jahre alt.)

Dafine: Muito prazer. Eu me chamo Dafine. De onde você vem? (Nett, dich kennenzulernen. Ich heiße Dafine. Woher kommst du?)

João: Do Brasil. Eu nasci no Rio de Janeiro. E você? (Aus Brasilien. Ich wurde in Rio de Janeiro geboren. Und Du?)

Dafine: Venho de Belo Horizonte em Minas Gerais. (Ich komme aus Belo Horizonte in Minas Gerais.)

Nachdem Egon alles rausgelassen hatte, drehte er um und entfernte sich von dem Grüppchen. Doch ein neuer Gedanke ließ ihn wie einen Adler auf der Jagd wieder zurückstürzen und wild schimpfend auf die Männer einreden. Zwei der Herren verließen die Gruppe, und Egon wandte sich beleidigt ab.

Diese Art von ‚Gesprächen' gab es zwischen den Alten andauernd. Marko hatte versucht, sich von Egon erklären zu lassen, worin genau das Problem lag, es aber nicht wirklich kapiert. Er hatte jedoch sehr wohl verstanden, dass die anderen Herren Egon nicht übermäßig gut leiden konnten.

Im Gestrüpp erspähte Marko zwei leere Bierflaschen. Mit etwas Mühe holte er sie hinter den dornigen Ästen hervor. Zusammen mit dem, was er an Geld bei sich hatte, würde es für eine Limonade reichen.

Endlich hatte Egon sich beruhigt und neben Marko vor dem Blumenbeet Platz genommen. Er nahm einen tiefen Schluck aus seiner Bierdose und Marko tat es ihm mit seiner Limo gleich. Er erzählte dem Alten von seinem Problem mit Anna, woraufhin dieser für einige Zeit in eine Denkerpose verfiel. Marko wartete geduldig, während Egon sich die Bartstoppeln am Kinn massierte.

„Also am besten ist, wenn du sie eine Weile ignorierst", sagte er endlich. „Dann will sie schon bald von Ecki nichts mehr wissen und wird nur noch Augen für dich haben. Damit kriegst du sie alle."

Das mochte Marko so an dem alten Zauselkopp. Er behandelte ihn nie wie ein kleines Kind. Deshalb scherte er sich auch nicht darum, dass keiner der anderen Männer mit Egon befreundet sein wollte.

„Und das funktioniert? Auch bei mir?"

„Na klar! Was glaubst du denn, wie ich damals meine Helga erobert habe? Und das hat immerhin 41 Jahre gehalten. Oh, oder noch besser: Du machst sie eifersüchtig!", war Egon von seinem eigenen Vorschlag begeistert.

„Eifersüchtig?“

„Ja! Kennst du ein anderes Mädchen, mit dem du etwas Zeit verbringen könntest?“

Marko musste nur kurz überlegen.

*

Alfred saß in seinem Sessel vor dem Fernseher. Schräg hinter ihm hockten Marko, Robert und Sindy mit S auf der Couch, wobei Robert einen Großteil der vorhanden Kapazitäten einnahm. Gebannt verfolgte jeder das zweite Gruppenspiel der deutschen Nationalmannschaft gegen Schottland – jeder bis auf Sindy mit S. Eingeschnappt, weil Marko sich mehr für die Fußballpartie als für sie interessierte, versuchte sie ihn alle dreißig Sekunden an Robert vorbei böse anzuschauen. In der 28. Spielminute wurde es ihr zu bunt.

„Ich werd jetzt nach Hause gehen“, verkündete sie laut und stand auf.

Ihre Worte verhallten wirkungslos in der Männerrunde.

„Bringst du mich noch zur Tür?“, adressierte sie nun Marko direkt.

Der brauchte einen Moment, um zu verstehen, dass er gemeint war. Ohne den Fernsehschirm aus den Augen zu lassen, stand er auf und machte einen ersten Schritt Richtung Flur. Da hob sich die bayerisch klingende Stimme des Kommentators vielversprechend. Rudi Völler rannte auf das Tor der Schotten zu. Marko blieb stehen. Völler ließ einen Verteidiger aussteigen, dann noch einen und schoss … ganz knapp vorbei. Eckball für Deutschland.

„Marko?“

Widerwillig riss er sich vom Bildschirm los und folgte Sindy mit S in den Flur. In der Tür stehend drehte sie sich zu ihm um.

„Dann bis morgen also?“

„Ja ja, bis morgen …“

„Und Riedle!!!“, brüllte der Kommentator, der wohl Gerd hieß.

„TOOOOOOOOR!!!“, schrie Robert.

Marko knallte schnell die Tür zu und stürmte zurück ins Wohnzimmer – glücklich über den Treffer, aber auch ein bisschen sauer, weil er ihn verpasst hatte.

Samstag, 20. Juni 1992

Marko führte Sindy mit S durch die Einfamilienhaussiedlung, ohne dafür Annas Aufzeichnungen zu benötigen. Zielstrebig lief er vorneweg und ließ dabei lässig sein Schlüsselband um den Zeigefinger durch die Luft kreisen. Sindy mit S trottete widerwillig hinterher.

„Warum können wir denn nicht bei uns auf dem Hof spielen? Oder wenigstens mit dem Rad herfahren?"

„Das verstehst du nicht ... Hier können wir uns hinsetzen." Marko deutete auf eine Bank an einer kleinen Promenade mit Blick auf Annas Haus. Sie setzten sich. Er schaute zu der weißen Fassade mit dem rot-orangenen Dach hinüber, rutschte nach links, machte einen langen Hals, rutschte nach rechts und gab Sindy mit S zu verstehen, dass sie die Plätze tauschen sollten.

„Was willst du spielen?", fragte sie Marko, der jetzt zu ihrer Rechten saß.

Er zuckte mit den Schultern. Immer wieder schielte er krampfhaft unauffällig zu dem Haus hinüber. Doch dort war niemand zu sehen und vielleicht nicht einmal jemand daheim.

„Bist du hier in Berlin geboren?", bohrte Sindy mit S.

„Nein, auf dem Darß."

Marko fragte sie nicht zurück, wie sie es sich bestimmt erhofft hatte. Er blieb stattdessen auf das schwingende Schlüsselband an seinem Finger und das Fenster in der zweiten Etage fokussiert.

„Die Stadt, in der ich geboren bin, gibt es nicht mehr", sagte Sindy mit S und ergatterte damit Markos Aufmerksamkeit dann doch.

„Wie denn das?"

„Es gibt sie schon noch, aber sie heißt jetzt anders."

„Warum?"

„Keine Ahnung. Vielleicht aus dem gleichen Grund, aus dem unsere Straße umbenannt wurde?"

„Mhm."

Marko kontrollierte die Lage beim Haus und … tatsächlich! Anna schaute zu ihnen hinüber und wunderte sich vermutlich, warum Sindy mit S und er auf einer Bank in ihrer Wohngegend saßen. Er beeilte sich, das Band um seinem Finger austrudeln zu lassen und nahm den Schlüssel fest in die Hand. Jetzt galt es.

„Darf ich dich küssen?", fragte er Sindy mit S.

„Was?"

Obwohl es der wesentlichste Bestandteil seines Planes war, gruselte Marko sich ein wenig davor. Beziehungsweise sehr sogar. Und eine gewisse Gefahr lag auch darin, wusste er. Was, wenn die Nachricht in der Schule die Runde machen würde? Dass er und Sindy mit S … Aber wie sagte seine Mutter immer? Wer das Eine will, muss das Andere mögen.

„Ob ich dich küssen darf!", blaffte er zurück.

Sindy mit S strahlte vor Begeisterung.

„Oh, na gut!"

In freudiger Erwartung schloss sie die Augen. Marko näherte sich ihren gespitzten Lippen. Es musste sein. Doch als er sich vergewissern wollte, dass Anna ihn auch wirklich dabei beobachtete, stand sie nicht mehr an ihrem Platz. Er wich zurück.

„Hab's mir anders überlegt. Ich mag dich jetzt nicht küssen."

„Oh, na gut …“

Sindy mit S öffnete enttäuscht die Augen.

Die beiden schwiegen sich eine dreiviertel Ewigkeit an. Gerade als Marko alles abblasen und nach Hause gehen wollte, sah er Anna wieder am Fenster auftauchen. Ohne weiter Zeit zu verlieren, wandte er sich Sindy mit S zu, drückte ihr einen Kuss ins Gesicht, erwischte mit seinem feuchten Schmatzer aber nicht wie geplant ihren Mund.

„Bäh!“, wischte Sindy mit S sich Wange und Nase trocken. „Marko Wedekind, du hast überhaupt keine Ahnung von Frauen und wie man sie küsst. Oder wie man mit ihnen umgeht!“

„Natürlich hab ich eine Ahnung von Frauen!“, protestierte Marko. „Ich hab sehr viel Ahnung von Frauen! Ich weiß sogar, dass der Venusberg zu den erotischen Zonen der Frau gehört! So!“

Sindy mit S sah ihn entgeistert an.

„Ich geh jetzt heim“, ließ sie ihn wissen und zog von dannen.

Marko blieb auf der Bank an der kleinen Promenade sitzen und spielte mit seinem Schlüssel. Immer wieder schaute er hinüber zum Haus, doch von Anna war nichts mehr zu sehen. Da rutschte ihm das Band vom Finger und wurde samt Schlüssel fast aus der Erdumlaufbahn herauskatapultiert. Marko konnte im Augenwinkel erkennen, wie es sich wieder in Richtung Atmosphäre senkte und im dichten Gebüsch einschlug. Er versuchte, die genaue Stelle mit dem fotografischen Gedächtnis festzuhalten, das er leider doch nicht hatte. Er kämpfte sich durch die kratzenden Sträucher und Büsche mit piksenden Dornen und durchsuchte das Dickicht. Panik stieg in ihm auf. Ein-, zweimal vergewisserte er sich, dass Anna ihn nicht sehen konnte.

Eine ganze halbe Stunde verbrachte er mit suchen. Ihm war zum Heulen zumute. Seine Unterarme waren zerkratzt, irgendwelche beißenden Sechsfüßer krabbelten an seiner Hose hoch, doch sein Schlüssel blieb verschwunden.

*

Auf den Knien wechselte Alfred noch am Abend das Schloss der Wohnungstür aus. Marko stand mit gesenktem Kopf daneben und beobachtete schweigend seinen Vater dabei.

„Bekomm ich einen neuen Schlüssel?“, fragte er vorsichtig.

„Allzu bald bestimmt nicht“, entgegnete Alfred in einem Ton, der Marko verdeutlichte, dass er es ernst meinte.

Enttäuscht zog er sich in sein Zimmer zurück. Dort grinste ihn von der Fensterbank aus das Dosentelefon gehässig an. Es schien sich über ihn lustig machen zu wollen. Marko nahm eine Schere, schnitt die Schnur des Telefons durch und stellte eine stinknormale Dose zurück auf das Fensterbrett.

Sonntag, 21. Juni 1992

Auf der Rückbank des Taxis ließ Marko schlecht gelaunt die Beine baumeln. Vorbei war es mit der neugewonnenen Freiheit. Bis zur Volljährigkeit würde er seine Zeit, wenn nicht in der Schule oder zu Hause, irgendwo unter Aufsicht seines Vaters oder seiner Schwester verbringen müssen. Und nur er allein hatte es vermasselt. An diesem Sonntagnachmittag also war Alfred an der Reihe. Und so standen sie an fünfter Position des Taxistandes unweit des Hauptbahnhofs – um diese Uhrzeit eine der besseren Optionen, wie sein Vater ihm erklärt hatte. Mit verschränkten Armen und geschlossenen Augen saß Alfred hinter dem Steuer, während Marko versuchte, Fahrgäste herbeizugucken. Was wohl seine Mutter gerade trieb? Ob sie ein paar neue Bäume pflanzte? Oder eines der Tiere dort vor Wilderern oder einem Buschfeuer beschützte?

„Wie geht's Mama? Alles gut in Brasilien?"

„Alles gut", antwortete Alfred, die Augen nach wie vor geschlossen.

„Und hat sie schon viel Regenwald retten können?"

„Es geht. Das ist wohl nicht ganz so einfach."

Eine Frau im Alter seiner Mutter diskutierte lange mit dem Fahrer des ersten Taxis in der Reihe, ehe sie einstieg. Das Taxi fuhr fort und alle anderen rückten einen Platz auf. Als Alfred den Motor abstellte, ließ er wieder die Augen zufallen.

„Aber wie spricht Mama denn mit den Leuten da? Sie kann doch kein Brasilianisch, oder?"

Alfred richtete sich auf.

„Nein, Brasilianisch spricht sie nicht wirklich …",

antwortete er wie zu sich selbst, „... aber Russisch ... Die beiden Sprachen sind nämlich eng verwandt, weißt du? Das ist genauso wie bei den Spaniern und den Italienern. Die können sich auch gegenseitig verstehen, wenn sie langsam und deutlich genug sprechen. Oder die Schweden und die Norweger."

„Mhm", antwortete Marko nachdenklich.

Dann hätte er also gar kein Brasilianisch-Lehrbuch kaufen brauchen. Denn russische Bücher, vor allem Wörterbücher, hatte er gleich mehrere zu Hause entdeckt.

Es sollte vierzig Minuten dauern, bis sie endlich einen Fahrgast begrüßen konnten. Und weitere zwei Stunden, bis Alfred Marko daheim absetzte und in Melanies Obhut übergab.

*

Vor dem Eingangsbereich der Freilichtbühne winkte Melanie und Marko ein junger Mann zu, der sie bereits zu erwarten schien. Marko hatte ihn ein paar Mal bei sich auf dem Hinterhof gesehen. Er war einer von denen, die mit seiner Schwester *abhingen.* Was er noch nicht gesehen hatte, war, wie Melanie und der junge Mann sich mit einem Kuss auf den Mund begrüßten.

„Hast du noch eine Karte bekommen?", fragte sie den Typen.

„War gar nicht so einfach ..."

„Bist'n Schatz!"

Sie küsste ihn abermals.

„Marko, das ist Ronny. Ronny, Marko ..."

Er hatte das Gefühl, von diesem Typen namens Ronny

eher von oben herab belächelt zu werden, als dass er ihm aufrichtig zulächelte. Deshalb dachte Marko gar nicht daran, ihn auch noch mit seiner Aufmerksamkeit zu belohnen. Melanie nahm die beiden bei der Hand und führte sie Richtung Eingang – direkt in einen riesigen Menschenpulk hinein.

In dem zunehmend chaotischen Gedränge musste Marko sich häufiger mit den Ellbogen Platz verschaffen. Immer wieder richtete Melanie sorgenvoll den Blick nach unten, um sich bei ihrem Bruder nach dessen Wohlbefinden zu erkundigen.

Nachdem der Einlass geschafft war, suchten sie sich ein Plätzchen auf halber Höhe der komplett gefüllten Open-Air Arena. Die Masse wartete ungeduldig auf den Auftritt der Band. Kritisch beäugte Marko mal die Turteleien von diesem Ronny und Melanie, mal den grauen Himmel. Dann ließ er seinen Blick durch das weite Halbrund wandern. Als die dreiköpfige Musikgruppe endlich die Bühne betrat, brüllten viele der erwachsenen Mädchen für Marko unverständliches Zeug. Auch hatten sie komische Wörter auf Plakate gemalt und streckten sie in die Höhe.

„Warum werfen die ihre Unterwäsche auf die Bühne?"

Melanie und Ronny tauschten amüsierte Blicke aus.

„Also das ist ihre Art, der Band zu zeigen, dass sie sie mögen."

„Ach so. Und was bedeutet das, was die da die ganze Zeit rufen?"

Ronny lachte über Markos Frage, seine Schwester aber blieb ernst.

„Also Bela ist der Schlagzeuger der Band, die hier heute

spielt. Und das andere bedeutet so was Ähnliches wie … *Hab mich lieb.*“

„Und das soll funktionieren, wenn man das ruft?“

„Die Mädels glauben wahrscheinlich, wenn sie das nur laut genug schreien, dann hat er sie genauso lieb wie sie ihn.“

„Das ist ja blöd.“

Marko betrachtete die Menschenmassen unter, über und neben sich, während seine Schwester sich wieder ihrer Begleitung zuwandte. Er holte tief Luft und rief.

„Anna, fi…“

Melanie beeilte sich, den Mund ihres Bruders mit der Hand zuzuhalten. Anscheinend hieß es also doch etwas anderes, dachte Marko. Es folgte dann auch eine längere Belehrung, dass er die an diesem Abend gelernten Wörter weder in der Schule noch zu Hause oder sonst wo zu benutzen hatte.

*

Auf dem Weg zur ferngelegenen S-Bahn-Station, durch einen beleuchteten Park nahe der Freilichtbühne, schritt Marko ein paar Meter vor seiner Schwester und ihrem Freund her. Dabei sang er die Lieder, die er bei dem Konzert zum ersten Mal gehört hatte. Vor allem ein Song ging Marko nicht mehr aus dem Kopf: Darin bekam der Sänger von einem Verwandten erzählt, dass sein bester Freund jetzt einen neuen besten Freund hat. Um sich zu rächen, will der Sänger in der Zukunft ganz viele Herzen brechen. Er glaubt, dass der Freund dann wieder angelaufen kommt. Aber dann hat der Sänger keine Lust mehr. Die Liedstellen, bei denen Marko sich nicht mehr an den genauen Text erinnern konnte, füllte er mit Summen aus. Dabei lauschte er sehr wohl der Unterhaltung der beiden Jugendlichen. Und wie dieser Ronny auf seine Schwester einredete, gefiel ihm überhaupt nicht.

„Aber warum denn nicht? Meine Wohnung ist groß genug, und du hast doch selbst gesagt, dass dir zu Hause die Decke auf den Kopf fällt. Das mit der Miete mach ich schon …"

„Zu spät, zu spät, zu spät, …", sang Marko.

Melanie antwortete leise, wahrscheinlich weil sie hoffte, dass ihr Bruder sie nicht hören würde. Doch der hatte ein sehr gutes Paar Ohren.

„Darum geht's doch gar nicht. Aber solange meine Mutter nicht wieder gesund ist, kann ich das unmöglich bringen. Außerdem kennen sie dich ja noch gar nicht …"

Der junge Mann antwortete mit einer Geste, die Marko schon einmal in einem Film gesehen hatte. Er breitete die Arme aus, hob sie ungefähr auf die Höhe der Schultern und öffnete dabei die Hände. Dann ließ er die Arme kraftlos nach unten fallen.

„Sobald es meiner Mutter besser geht, reden wir noch mal drüber, ja?"

„Meinetwegen."

Melanie fiel auf, dass Marko nicht mehr sang. Stattdessen hatte er sich neben sie gestellt und schaute mit großen Augen fragend zu ihr auf.

„Mama ist krank?"

Sie blitzte ihren Freund an, atmete tief durch und beugte sich zu ihrem Bruder auf Augenhöhe herunter.

„Mach dir keine Sorgen, hörst du? Mama wird schon wieder gesund.“

„Aber was fehlt ihr denn?“

Melanie richtete sich auf.

„Das musst du schon Papa fragen. Dann kann er dir das auch gleich mit seinem Brasilien erklären.“

„Sag mal!“

„Nein! Und jetzt hör auf zu quengeln!“

*

Später kauerte Marko allein in der Badewanne. Und so lange er dort auch saß und wartete, blieb er doch für sich. Von Anna keine Spur. Und von seiner Mutter ebenso wenig.

Marko verrieb das Shampoo selbst auf seinem Kopf, tauchte unter und versuchte dabei, mit wedelnden Händen das Zeug wieder aus den Haaren zu kriegen. Seine brennenden Augen nach dem Wiederauftauchen offenbarten die Schwächen dieser Technik.

Das Wasser wurde immer kälter und Marko fror. Er schlüpfte aus der Wanne und rutschte bei dem Versuch, sich das auf der Waschmaschine liegende Badetuch zu schnappen, fast in einer von ihm selbst fabrizierten Pfütze aus. Bevor er sich abtrocknete, stieg er zurück in die Badewanne, die immerhin wärmer war als die Luft, und tauchte noch einmal kurz ein, um sich aufzuwärmen. Allerdings nicht, ohne dabei vier Neuntel des großen Handtuches im Wasser zu versenken. Fluchend rubbelte er sich schließlich mit dem durchnässten Badetuch ab.

Montag, 22. Juni 1992

Marko stand am Ausgang des Schulgeländes und wartete wieder mal darauf, abgeholt zu werden. Der Schulhof war ungewohnt still, fast wie in den Ferien. Alle Schüler waren schon zu Hause. Doch er wartete. Und wartete und wartete. Und wartete.

Endlich fuhr ein Taxi vor und hielt direkt am Schultor. Alfred gab Marko mit einer Kopfbewegung zu verstehen, dass er hinten einsteigen sollte.

„Tut mir leid, ging nicht früher …"

„Mhm."

Eine weibliche Stimme meldete sich über Funk.

„486 – Der Fahrgast in der Biesenbrower Straße hat gerade schon wieder angerufen. Sind Sie nun vor Ort oder nicht?"

„Ja, bin sofort da! Ich seh ihn schon", sprach Alfred in die Funkmuschel.

Marko sah niemanden. Die Biesenbrower war ja zwei Rechtsabbiegungen entfernt, da konnte man auch nichts sehen.

„Ich fahr dich gleich danach nach Hause, ok?", richtete Alfred das Wort gen Rückbank.

„Mhm."

„Und? Was habt ihr heute gemacht?"

„In Geometrie haben wir verschiedene Dreiecke gezeichnet und in Bildende Kunst haben wir mit Wasserfarben ein Bild gemalt", zählte Marko lustlos auf.

„Also richtig schön was fürs Leben gelernt, was?"

Marko entschied sich, nicht darauf einzugehen. In letzter Zeit hatte er immer wieder festgestellt, dass

Erwachsene manchmal Fragen stellten, obwohl sie gar keine Antwort erwarteten, ja, nicht mal hören wollten. Oder sie sagten etwas, meinten dann aber das Gegenteil von dem, was sie da sagten. Wenn überhaupt. Als Melanie „Na toll!“ ausrief, als Marko beim Abtrocknen einer der großen Teller aus der Hand gerutscht und zersprungen war, meinte sie eigentlich, dass sie es nicht so toll fand, dass das Erbstück in Milliarden und Abermilliarden Einzelteilen vor ihnen auf dem Küchenboden lag und nun darauf wartete, in den Fußsohlen möglichst vieler Menschen ein neues Leben als Splitter zu beginnen. Mit Logik hatte das wenig zu tun und man konnte nur an dem Ton, *wie* etwas gesagt wurde, heraushören, wie es gemeint war. Und die Frage seines Vaters, wenn es denn eine Frage war, hatte eben solch eine Betonung. Marko beschloss, die Sprache auf das Wesentliche zu bringen.

„Wie geht's Mama?“

Alfred bremste ab.

„Gleich …“

Die Hintertür wurde von einem Mann mit einem ungepflegten, dunkelblonden Bart und tiefen Augenhöhlen geöffnet. Er war vornehm gekleidet, älter als Alfred, aber jünger als Egon.

„Das wird auch Zeit! Was ist denn … Ich denke, Sie sind frei?!?“, fragte der Hellbärtige, als er Marko erblickte.

„Ja, bin ich auch. Lassen Sie sich bitte von dem Jungen nicht stören.“

Der Mann zögerte, stieg dann aber auf der Beifahrerseite ein.

„Stephanstraße 66, bitte. Und sehen Sie zu, dass wir

nicht noch mehr Zeit verlieren. Ich bin ohnehin schon spät dran."

„Jawohl!", sagte Alfred, wieder in diesem Ton.

Der Fahrgast zog eine dicke Zeitung hervor und begann darin zu lesen.

„Papa!", meldete sich Marko zu Wort.

„Was denn?"

„Wie geht's Mama!?"

„Gut, gut."

„Du lügst!"

Der Mann mit den tiefen Augenhöhlen drehte sich zu Marko um und schaut ihn von oben bis unten an.

„Bitte?"

„Melanie hat gesagt, dass Mama krank ist!"

„Das hat Melanie gesagt?", fragte Alfred erstaunt.

Der Mann schaute verärgert zum Fahrersitz hinüber.

„Ja! Aber sie wollte mir nicht sagen, was ihr fehlt. Also was hat Mama!?"

„Das ist jetzt aber nicht Ihr Ernst, dass Sie mich hier mit ihrem Privatkram behelligen? Sie sind doch wohl nicht etwa deswegen zu spät?", mischten sich die tiefen Augenhöhlen ein.

„Was fehlt Mama denn?"

„Ich musste meinen Sohn nur kurz von der Schule abholen. Das lag ohnehin auf dem Weg", erwiderte Alfred dem Fahrgast.

„Das kann doch wohl nicht wahr sein!", ließ sich der Mann nicht beruhigen.

„Papa?!"

„Nun haben Sie sich mal nicht so … Sie haben wohl keine Kinder, was?", blaffte Alfred den Mann an.

„Also, das ist ja …“
„Papa!!!“
„WAS?!?!“
„Was erlauben Sie sich, mir gegenüber so einen Ton anzuschlagen?!“, fragte der Mann jetzt – wenn es denn eine Frage war.
„Ich schlag gleich noch was anderes an …“
Marko verstummte.
„Drohen Sie mir etwa? Lassen Sie mich hier aussteigen!“
Alfred prüfte den Verkehr im Rückspiegel.
„Halten Sie sofort an, hab ich gesagt!“, brüllte der Mann.
„Ja doch, verdammt noch mal!“, donnerte Alfred zurück.
Und bremste. Marko hörte erst ein lautes Quietschen und dann das Rumsen eines Wagens, der ihnen hinten aufs Auto krachte. Nicht sonderlich doll. Aber doll genug, dass alle drei Köpfe schwungvoll nach vorne und wieder zurückgeschleudert wurden. Doll genug, dass Alfred sich panisch versicherte, ob Marko angeschnallt war und es ihm gut ging. Und wohl auch doll genug, um einen beträchtlichen Schaden an beiden Autos zu hinterlassen.
„Geschieht Ihnen recht!“, sagten die tiefen Augenhöhlen, nachdem sie sich wieder berappelt hatten. „Ich werde mich über Sie beschweren!“
„Ja, du mich auch …“, entgegnete Markos Vater erschöpft.
Der Mann stieg aus und schlug grußlos die Tür hinter sich zu. Alfreds Blick fiel aufs Taxameter.

„He! Du musst noch bezahlen! 12,60!"

Er verfolgte den davonstampfenden Mann kraftlos im Rückspiegel, bevor Alfred in Zeitlupe ausstieg und den entstandenen Blechschaden musterte.

*

Marko wartete vor der Glastür eines Büros. Hinter der Tür saß sein Vater und musste sich mit seinem Chef, einem Herrn Brauer, wegen des Unfalls unterhalten. Wenn Alfred zu Hause von Herrn Brauer sprach, ließ er das *Herr* weg. Brauer hat dies gesagt, Brauer hat das nicht gemacht. Die Wand zwischen Flur und Büro schien aus Papier zu sein, jedenfalls konnte Marko jedes Wort des Gesprächs verstehen.

„Herr Wedekind, dit jeht so nich! Sie könn'n nich Ihr'n Sohn privat in unsern Taxen rumkutschiern wie's Ihn'n beliebt."

„Ja wissen Sie, meine Frau …", Alfred hielt kurz inne und senkte die Stimme, „… ist eine Weile nicht zu Hause und einer musste ihn ja schließlich beaufsichtigen."

„Ihr Privatleben interessiert mich nich und hat mich och nich zu interessieren."

Brauer raschelte in Alfreds Personalakte herum, die vor ihm auf dem Tisch lag.

„Immerhin hamse Ihre Sache bisher ja janz ordentlich jemacht. Da will ick nochma n Auje zudrücken."

„Vielen Dank."

Da war sie wieder, dachte Marko: diese komische Betonung. Sein Vater hatte zwar *Vielen Dank* gesagt, aber gemeint hatte er wohl das Gegenteil – was auch immer das Gegenteil von *Vielen Dank* war. Doch Brauer hatte das anscheinend nicht mitbekommen.

„Ja, ja. Bitte. Ick habe mir aber och nochma Ihre Unterlajen und Ihr'n Lebenslauf anjesehn. Und da hab ick mich jefragt: Warum arbeitet ein solch jebildeter Mann wie Sie bei einer Firma wie der meinijen?"

„Ja sehen Sie, …", erläuterte Alfred wieder in diesem komischen Tonfall, „… in letzter Zeit hat die Nachfrage nach Geisteswissenschaftlern im Bereich Marxismus-Leninismus doch stark nachgelassen. Zumal man mir ja auch meinen Studienabschluss hierzulande nicht anerkennt."

„Ach wat. Da steckt doch bestimmt mehr dahinter, oder wie?", hielt Brauer dagegen. „Euch Ossis kann man doch nich übern Weg traun. Habt euch alle jejenseitich bespitzelt, da kann ja nischt Jutet bei rauskomm'n."

„Bitte wie meinen?", fragte Alfred aufrichtig irritiert.

„Na, warense nu I.M. oder nich?"

I.M.? Was sollte das denn jetzt schon wieder sein?, wunderte Marko sich.

„Wenn Sie nichts weiter zu besprechen haben, kann ich ja gehen", beantwortete Alfred die Frage nicht. Stattdessen musste er gleich aufgesprungen sein, denn kurz darauf stand er neben seinem Sohn, nahm ihn bei der Hand und steuerte in Richtung Ausgang. Im Hinausgehen versuchte Marko die Miene seines Vaters zu lesen. Doch die war nur wie Stein.

Sie stiegen in den Trabant, den Alfred wie immer vor der Straße mit dem hellgelben Taximeer geparkt hatte.

„Also?", ließ Marko nicht locker.

„Also was?"

„Was fehlt Mama?"

Alfred atmete tief durch, startete den Wagen und fuhr los.

„Also was hat Mama denn? Hoffentlich keine Malaria?!“, bohrte Marko weiter nach.

Er erschrak selbst, als er den Gedanken laut aussprach. Alfred schaute kurz zu seinem Sohn hinüber.

„Nein, keine Malaria …“

„Denguefieber?“

„Auch kein Denguefieber …“

„Was denn dann?“

Wieder atmete Alfred tief ein und genauso tief aus.

„Tropenfieber.“

Marko starrte seinen Vater an.

„Ist aber wirklich nicht so schlimm, hörst du? Ist wie normales Fieber, nur halt in den Tropen. Deswegen heißt es ja auch so.“

„Mhm.“

„Hör mal. Ich kann dich jetzt erst mal eine Weile nicht im Taxi mitnehmen.“

Marko blickte demonstrativ aus dem Fenster.

„Melanie wird sich die nächsten Tage also etwas mehr um dich kümmern müssen.“

*

„Ein ganz bitterer Abend für die deutsche Mannschaft. 1:3 verliert sie gegen eine in allen Belangen überlegene niederländische Mannschaft, hat sich aber dennoch als Gruppenzweiter für das Halbfinale qualifiziert, wo Gastgeber Schweden wartet. Allerdings wird sich die Mannschaft dort deutlich steigern müssen, wenn sie ins Finale will …“

„Papa?“

„Hm?“

Nahezu wortlos hatten Marko und Alfred an diesem Abend die Niederlage der deutschen Nationalmannschaft im letzten Gruppenspiel im Fernsehen verfolgt.

„Ich glaub, das ist meine Schuld …“

„Was ist deine Schuld?“

„Na, ich hab mir heimlich gewünscht, dass Mama zum Arbeiten weggeht und dann ist sie tatsächlich zum Arbeiten weit weg gegangen. Und wenn es ihr dort nicht gut geht, dann ist das also meine Schuld.“

Alfred lauschte nachdenklich den Worten seines Sohnes.

„Das ist nicht deine Schuld, hörst du?! Ich will so einen Schwachsinn nicht mehr hören, verstanden?“, sagte er dann auf einmal mit sehr viel Nachdruck.

„Mhm.“

Beide starrten auf die Mattscheibe des Fernsehers, wo verschwitzte Nationalspieler Fragen von Leuten im Anzug beantworteten, denen selbst kein Schweiß auf der Stirn stand.

„Was ist eine I.M.?“, wandte Marko sich wieder an seinen Vater.

„Ein. Ein I.M.“

„Was ist das?“

„Also dafür bist du nun wirklich noch zu …“

„WAS IST EIN I.M.?!“, fragte Marko laut.

Diesmal würde er sich nicht mit dieser blöden Ausrede, er verstehe das noch nicht, abspeisen lassen.

„Also gut. Wenn du es unbedingt wissen willst: I.M. steht für Informeller Mitarbeiter der Staatssicherheit der DDR. Also quasi für zivile Mitarbeiter des Geheimdienstes."

Marko ließ die Worte auf sich wirken und schaute seinen Vater mit großen Augen an.

„Du bist Geheimagent, Papa?", fragte er aufgeregt.

„Erzähl doch nicht so'n Blödsinn. Ich hab damit überhaupt nichts zu tun."

„Aber der Mann bei dir auf Arbeit hat doch gesagt ..."

„Der Mann leidet an Verfolgungswahn. Und du solltest nicht die Gespräche von anderen belauschen, verstanden?"

„Mhm."

*

Marko lag wach in seinem Bett, unfähig einzuschlafen. Dass es seiner Mutter in Brasilien nicht gut ging, tat ihm sehr leid. Es WAR seine Schuld. ER war es gewesen, der sie sich dorthin gewünscht hatte. Aber könnte er sie sich dann nicht genauso gut zurückwünschen? Er kniff die Augen zu und hielt sie krampfhaft geschlossen. Absolute Dunkelheit umgab ihn. Weiter nichts. Kein Wal, nirgendwo. Doch auch wenn er den Wal nicht sehen konnte, vielleicht konnte der ihn ja hören?

„Ich wünsche mir, dass es Mama gut geht und dass sie aus Brasilien zurückkommt. Ich wünsche mir, dass es Mama gut geht und dass sie aus Brasilien zurückkommt. Ich wünsche mir, dass es Mama gut geht und dass sie aus Brasilien zurückkommt ...", flüsterte Marko immer und immer wieder.

Nach einer Weile konnte er in der Dunkelheit etwas

erkennen. Kein Wal, nicht einmal Wasser. Es waren seine eigenen Hände, die versuchten, sich einen Weg durch das dichte, undurchdringliche Geäst und Gebüsch des tropischen Regenwaldes zu bahnen. Doch hinter jedem Dickicht folgte nur noch dickichtigeres Dickicht. Und irgendwann war er dann eingeschlafen.

Dienstag, 23. Juni 1992

In der Früh entschärfte Marko seinen Wecker noch vor dem Klingeln, sprang auf und pirschte durch die Wohnung – bemüht lautlos, um Melanie nicht aufzuwecken. Wie jeden Dienstag hatte sie die ersten zwei Schulstunden frei und versuchte, so lange wie möglich zu schlafen. Vorsichtig öffnete Marko die Tür zum Schlafzimmer seiner Eltern, doch das große Ehebett war leer. Nur Alfreds Decke lag zerwühlt da. Er musste sehr früh zur Arbeit aufgebrochen sein. Die Betthälfte seiner Mutter war wie schon die letzten Tage unberührt. Auch in Bad und Küche hatte sie keine neuen Spuren hinterlassen – ihre Abwesenheit in Markos Herzen aber umso mehr.

Marko toastete sich zwei Scheiben Brot, beschmierte sie mit Margarine und Teewurst, halbierte sie diagonal mit einem der scharfen Messer, die er eigentlich nicht benutzen durfte und verpackte das Ganze in Alufolie. Zusammen mit einem Trinkpäckchen Sauerkirschsaft verstaute er es in seinem Ranzen.

Das Wetter war an diesem Tag wie Markos Stimmung. Besonders bescheiden. In der Schule hielt er sich in den ersten zwei Stunden komplett zurück und auch in der großen Pause hatte Marko keine Lust beim *Chinesisch* mitzuspielen, obwohl seine Klasse ausnahmsweise die Tischtennisplatte in Beschlag nehmen konnte. Während die anderen laut jauchzend um die Platte rannten, suchte er sich lieber eine ruhige Ecke auf dem Schulhof, abseits des Trubels, und dachte nach. Was, wenn seine Mutter nie wieder zurückkommen würde? Weil es ihr in Brasilien viel besser gefiel als hier. Oder weil sich das Tropenfieber … Marko klingelten die Ohren. Er verscheuchte den Gedanken, noch bevor er ihn zu Ende gedacht hatte. Er musste unbedingt etwas unternehmen. Nur was?

„Marko?!", wurde er von Herrn Borchert aus seinen Überlegungen gerissen.

Erdkunde schien mittlerweile angefangen zu haben.

„Weißt du die Antwort?"

„Welche Antwort?"

Durch die Klasse ging ein Glucksen. Marko wusste immer alle Antworten im Erdkundeunterricht. Vorausgesetzt, er hatte zugehört.

„Auf die Frage, die ich gerade gestellt habe", erwiderte sein Lieblingslehrer enttäuscht. „Was ist denn los mit dir, Junge? Das ist schon das zweite Mal heute!"

Komisch. Das erste Mal hatte er überhaupt nicht mitbekommen. Aber war ja auch egal. Selbst als Herr Borchert Ecki aufrief und der die Antwort sofort wusste („Die Rhön."), war das Marko immer noch egal. Fast zumindest. Seine Augenbrauen schoben sich nur minimal zusammen.

*

„Ja, nee, dein Vater war kein Geheimagent. Das wüsste ich."

Egon und Marko saßen auf der Hollywoodschaukel des kleinen, verwilderten Schrebergartens mitten in der Neubausiedlung.

„Schade."

„Na, ich weiß nicht. Ist wohl besser so."

Die beiden schaukelten leicht vor sich hin. Nicht zu viel, sonst würde Marko schwindelig oder sogar schlecht werden.

„Wie läuft's mit Anna?", fragte Egon.

„Nicht so gut … Ich glaube, sie mag Ecki lieber als mich."

„Hast du versucht, sie eifersüchtig zu machen?"

„Hat nicht funktioniert."

„Nein?", fragte Egon erstaunt.

„Ich glaub, das hat's irgendwie schlimmer gemacht."

„Oh", erwiderte der Alte nur. „Schau mal, da ist dein Vater."

Alfred trat mit seiner Tasche in der Hand durch den Hausdurchgang auf den Hinterhof. Er winkte seinen Sohn zu sich.

„Grüß dich, Alfred", rief Egon ihm zu.

„Na, Egon. Was treibst du so?", entgegnete der und kam näher auf die beiden zu. Marko hatte keine Ahnung gehabt, dass der Alte und sein Vater sich kannten, geschweige denn woher.

„Ach, immer so hin …", erwiderte Egon.

„Du setzt doch meinem Sohn keine Flausen in den Kopf, oder?"

„Was für Flausen denn?", fragte der Alte unschuldig.

„Na, jedenfalls danke, dass du ein Auge auf ihn hast."

Ein Schweigen legte sich über die Unterhaltung der drei Männer. Alfred gab Marko mit einer Kopfbewegung zu verstehen, dass er mit ihm nach Hause kommen sollte und verabschiedete sich von Egon.

„Das wird schon wieder werden. Keine Sorge", sagte der noch.

Alfred drehte sich um und schaute den Alten misstrauisch an.

„Was?“

„Na, so allgemein“, erwiderte Egon.

„Ach so … Na dann, mach's mal gut.“

„Du auch, Alfred, du auch.“

*

Draußen dunkelte es. Marko saß allein vor dem Fernseher und schaltete mit den schweren Knöpfen durch das Programm. Auf einem der Sender lief Wrestling. Das durfte er eigentlich nicht schauen, seine Mutter hatte es hochoffiziell verboten. Sie bildete sich ein, wenn Marko Catchen guckte, hätte das einen schlechten Einfluss auf ihn – dass er sich deswegen prügeln oder irgendwann im Gefängnis landen würde. Das war natürlich völlig unbegründet. Marko hatte sich noch nie geprügelt und hatte es auch nicht vor. Doch Regeln waren nun mal Regeln.

Er stand auf und schlich zum Schlafzimmer seiner Eltern. Aus dem Zimmer dröhnte schweres Schnarchen. Marko öffnete vorsichtig die Tür und beobachtete eine Weile, wie Alfreds Körper sich mit den sägenden Geräuschen aufblies, um dann wieder in sich zusammenzusinken.

„Papa, darf ich Catchen schauen?“, flüsterte er so leise, dass sein Vater ihn nicht mal verstanden hätte, wenn er wach gewesen wäre. Marko drehte ab, schloss die Tür hinter sich und nahm wieder im Schneidersitz vor dem Fernseher Platz.

Einer dieser langweiligen Wrestler ohne eigenen Kampfnamen versuchte dem *British Bulldog* Davey Boy Smith seinen *Intercontinental Champion*-Gürtel abzuluchsen. Und auch wenn Marko den *British Bulldog* mochte, so war es doch irgendwie immer das Gleiche. Der Favorit und Sympathieträger kam erst gut in den Kampf, sah dann zwischenzeitlich wie der klare Verlierer aus, mit allem was dazugehörte – herumtorkeln, scheinbar bewusstlos auf dem Boden herumliegen –, um dann nach dem zweiten Schlag des Ringrichters mit der flachen Hand auf den Ringboden (es war immer nach dem zweiten, kurz vor dem dritten und entscheidenden Schlag) wieder zu Kräften zu kommen und den Gegner mit einigen spektakulären *Moves* fertigzumachen. Marko fragte sich, ob die Kämpfe wirklich von Anfang bis Ende abgesprochen waren, wie Melanie es behauptete. Statt sich den nächsten Fight anzuschauen – ein Tag-Team-Match der *Nasty Boys* gegen die *L.O.D.* – schaltete er weiter durch die Sender. Ein Spielfilm erregte dabei seine Aufmerksamkeit. Eine blonde Frau, so alt wie seine Mutter, schnitt das Kabel ihres Telefons durch. Anschließend dichtete sie die Fenster und den Dunstabzug ihrer Küche mit Klebeband ab. Sie drehte den Herd auf und platzierte sich im Schneidersitz genau davor. Mit einem weiteren Stück Klebeband klebte sie sich ihren Mund ab. Das Gas durchströmte hörbar den Raum. Sie starrte in das Schwarz des Backofens, schloss friedlich die Augen und sank langsam in sich zusammen. In der nächsten Szene befand sie sich in einem anderen, lichtdurchfluteten Zimmer. Ein Mann umarmte sie innig, ganz so, als wenn er sie seit langer Zeit nicht gesehen hätte. Schwere Chormusik ertönte. Hand in Hand schritten sie aus dem Haus, in ein märchenhaftes Grün hinein. Marko folgte dem Schauspiel fasziniert. Der Abspann lief über dieses letzte Bild. Anscheinend hieß der Film *Ohne Ende* und war von einem Filmemacher mit dem komplizierten Namen Krzy-szto-f Kies-lows-ki.

Mittwoch, 24. Juni 1992

Der Tag war in der Schule ereignislos und quälend langsam vergangen. Doch das sollte sich schlagartig ändern, als Marko auf seinem Heimweg Nachbar Heiner über den Weg lief.

„Hallo Marko!", begrüßte der ihn gutgelaunt.

„Hallo Onk… Hallo."

Von einem Augenblick zum anderen legte Eckis Vater seine Stirn in Falten und klang seltsam betroffen.

„Wie geht's deiner Mutter? Ist sie schon wieder aus dem Krankenhaus raus?"

Marko schaute Heiner entsetzt an. Krankenhaus?

„Mama ist doch nicht im Krankenhaus! Sie ist in Brasilien. Sie hat zwar etwas Tropenfieber, aber sie ist nicht …"

„Ach so, ja", beeilte Heiner sich zu sagen. „Entschuldige, ich muss dringend los. Aber komm doch ruhig mal wieder vorbei, mit Ecki spielen, ja?"

Marko schaute dem ehemals besten Freund seines Vaters irritiert hinterher. Das Wort *Krankenhaus* hatte in ihm etwas losgetreten. Etwas Bedrohliches. Unvorhersehbares. Für ihn war es ein Ort, mit dem er einfach nichts Gutes verbinden konnte.

Da Melanie an diesem Tag eine wichtige Prüfung schrieb – in Politischer Weltkunde oder weltlicher Politkunde oder so –, Alfred aber definitiv arbeiten musste, hatten sie sich darauf geeinigt, einen Wohnungsschlüssel bei Frau Bayer aus der zweiten Etage zu hinterlegen. Frau Bayer war vor zwei Jahren aus Ungarn (oder Rumänien?) zu ihnen ins Haus gezogen. Und obwohl sie dort in Ungarn (oder Rumänien?) geboren und aufgewachsen war, war Deutsch ihre Muttersprache. Wie das ging, wusste Marko nicht. Allerdings hatte sie einen Akzent (oder Dialekt?), den er absolut faszinierend und wunderschön fand. Überhaupt mochte er Frau Bayer unglaublich gern, nicht nur, weil sie jedes Mal ein Stück selbstgebackenen Kuchen für ihn hatte. Er hörte ihr mit Vorliebe beim Geschichtenerzählen zu. Dabei strahlten und leuchteten ihre Augen immer so. Doch an diesem Nachmittag ließ er den Quarkkuchen Quarkkuchen sein, bat sie, ihm den Schlüssel zu geben und verabschiedete sich gleich wieder, was Frau Bayer sehr schade fand und Marko ja auch leidtat, aber es musste sein.

Zu Hause angekommen, suchte er aus dem Telefonbuch die Nummer der Auskunft heraus und wählte die Zahlen auf der Drehscheibe. Nach drei Klingelzeichen meldete sich ein Mann am anderen Ende der Leitung.

„Hier die Auskunft. Was kann ich für Sie tun?“

„Ich würde gerne mit meiner Mutter sprechen.“

„Ja, wie heißt denn deine Mutter und wo genau wohnt sie?“

„Meine Mutter heißt Marion Wedekind und wohnt eigentlich hier zu Hause in Hohenschönhausen. Also in Berlin.“

„Und dann kennst du die Nummer nicht?“, fragte der Mann in der Leitung erstaunt und klang das erste Mal nicht wie ein Roboter.

„Doch! Aber momentan ist sie in Brasilien … Ich muss sie unbedingt sprechen!“

„In Brasilien?“

„Ja!“

Am anderen Ende blieb es einen Moment lang still.

„Und wo genau da?"

Marko überlegte kurz.

„Das weiß ich leider nicht genau … vielleicht in einem Krankenhaus. Aber auf jeden Fall in der Nähe vom Regenwald."

„Tut mir leid, ich bräuchte schon eine genauere Adresse oder zumindest den genauen Ort. Vielleicht solltest du lieber deinen Vater oder deine Erziehungsberechtigten fragen."

„Ja, aber das Problem ist, dass …"

„Auf Wiedersehen", sagte der Mann.

Dann knackste es am anderen Ende der Leitung.

Marko suchte einige Anziehsachen zusammen – T-Shirts, eine kurze Hose und drei Paar Socken – und stopfte sie in seinen Rucksack. Bei der Badehose zögerte er einen Augenblick, nahm sie aber doch mit. Zusätzlich packte er ein Trinkpäckchen Sauerkirschsaft ein, seine Regenwald-Urkunde, das Brasilianisch-Lehrbuch und sein Taschenmesser. Er hätte gerne sein Lexikon mitgenommen, doch dann hätte das Erwachsenenbuch von dem Mann mit dem langen Bart nicht mehr reingepasst.

Mit seinem Rucksack auf dem Rücken stiefelte Marko zu dem Taxistand bei der Einkaufspassage und stieg, wie es sich gehörte, in das erste Taxi der Schlange ein.

Auf dem Fahrersitz saß eine aufgeschlagene Zeitung, die von zwei Händen festgehalten wurde und auf der mit großen Lettern die Schlagzeile „HALBFINALE!" zu lesen war. Weiter unten stand etwas von wiederholten Übergriffen gegen Ausländer. Als Marko die Beifahrertür zuzog, schaute hinter der Zeitung ein großer Mann mit schwarzem, dichtem Haar und einem Schnauzbart hervor.

„Na, wie kann ich dir denn helfen?", fragte der Mann, der einige Jahre jünger war als Alfred.

Marko konzentrierte sich, indem er kurz die Augen schloss.

„Para aeroporto faz favor", brachte er endlich in akzentreichem Brasilianisch hervor.

Der Mann starrte ihn fragend an.

„Entschuldigung?"

„Ich möchte gerne zum Flughafen."

„Ach so. Zu irgendeinem bestimmten?"

„Na, zu dem, wo die Flugzeuge nach Brasilien abfliegen", erklärte Marko verständnislos.

„Natürlich."

Der Blick des Fahrers fiel auf Markos Rucksack, dann schaute er in den Rückspiegel, der voll war mit ungeduldig wartenden Taxen. Er startete den Wagen und fuhr los.

„Deine Eltern warten dort auf dich? Am Flughafen?", fragte er Marko, nachdem sie um die nächste Ecke auf die nächstgrößere Straße gebogen waren.

„Nein", antwortete Marko und überlegte, ob er besser hätte lügen sollen.

„Ah, ja. Und wozu willst du dann zum Flugzeug nach Brasilien? Sie warten doch nicht etwa in Brasilien auf dich?", bohrte der Fahrer weiter nach.

„Ich besuche meine Mama. Sie liegt dort im Krankenhaus, wissen Sie?" Das war jetzt natürlich von ihm eine Frage, die keine sein konnte. Denn wie hätte der Mann, den er zuvor nie in seinem Leben getroffen hatte, wissen sollen, dass seine Mutter in Brasilien im Krankenhaus lag?

„Und was sagt dein Vater dazu?"

„Mein Vater arbeitet die ganze Zeit. Er fährt auch ein Taxi. Er ist bestimmt froh, wenn er sich nicht mehr um mich kümmern muss … Außerdem erzählt er mir sowieso nie die Wahrheit."

Der Fahrer musterte Marko noch aufmerksamer. Immer öfter schaute er von der Straße zum Beifahrersitz hinüber.

„Und dein Vater ist auch Taxifahrer, sagst du?"

Marko nickte, hatte aber mittlerweile den Blick fest Richtung Horizont gerichtet. Bald würde er in einem Flugzeug sitzen und in zwölftausend Metern Höhe über dem Atlantik fliegen.

„Hier 797. Ich hab einen sieben oder acht Jahre alten Jungen als Fahrgast …" Der Fahrer hatte nach dem Sprechdings seines Funkgerätes gegriffen und die Zentrale gerufen.

„Ich bin neun!", regte Marko sich auf.

„Also gut, ich habe hier einen neun Jahre alten Jungen, der zum Flughafen gefahren werden will, um *allein* nach *Brasilien* zu fliegen … und sein Vater ist wohl auch Taxifahrer."

„Wie heißt dein Vater?", richtete er das Wort an den Jungen, indem er den Finger vom Knopf der Sprechgerätschaft nahm.

Marko antwortete nicht.

„Na, komm schon. Wie heißt dein Papa? Meiner heißt Kurt."

„Alfred."

„Und wie weiter?“

Marko entschied sich, schon zu viel gesagt zu haben, verschränkte die Arme und blieb stumm.

„Alfred?“, sprach der Fahrer diesmal wieder mit dem Finger auf dem Knopf in das Gerät an seinen Lippen. „Dein Sohn ist hier bei mir. Ich bin gerade auf der … weiß nicht, wie die jetzt heißt, aber früher war's die Thälmannstraße.“

Der Fahrer legte die Sprechmuschel beiseite und schaute mal erwartungsvoll auf das Gerät, mal auf die wenig befahrene Straße. Auch Marko ließ das Funkgerät nicht aus den Augen. Eine halbe Minute lang tat sich nichts.

Dann ein Knacken, ein Rauschen.

„Ich komme.“

*

Keine halbe Stunde später saß Marko auf dem Zweisitzer im Wohnzimmer. Alfred hatte ihn abgeholt und nach Hause gefahren, dabei aber nichts gesagt, zumindest nicht zu ihm, sondern nur ein paar Worte mit dem Taxifahrer gewechselt. Jetzt stand er vor seinem Sohn, rieb sich abwechselnd die Augen und massierte sich die Schläfen.

„Kannst du mir mal bitte erklären, was du dir dabei schon wieder gedacht hast?“

„Ich weiß ganz genau, dass du gelogen hast!“, ergriff Marko die Flucht nach vorn. „Ich weiß, dass Mama im Krankenhaus liegt – so!“

„Ja, aber –“, war das Einzige, was Alfred erwidern konnte.

„Gib's zu!", forderte Marko ihn auf.

„Okay, deine Mutter wird gerade kurzfristig im Krankenhaus behandelt. Aber das ist überhaupt kein Grund, sich große Sorgen zu machen."

Alfred schaute seinen Jungen lange an, schien mit sich zu ringen.

„In anderen Ländern geht man ins Krankenhaus, so wie man bei uns in die Arztpraxis geht. Das ist da ganz normal. Außerdem sind die südamerikanischen Gesundheitssysteme und die Standards dort mit die besten der Welt. Es verbringen ja nicht umsonst so viele ehemalige Staatschefs ihren Lebensabend dort …"

Marko beäugte seinen Vater misstrauisch.

„So, und jetzt ab ins Bett. Mama geht's gut, also mach dir keinen Kopp."

In der Tür zum Wohnzimmer stand Melanie, bis dahin von den beiden völlig unbemerkt. Mit verschränkten Armen schaute sie ihren Vater verärgert an. Marko stampfte an ihr vorbei in seine Zimmerhälfte, legte sein Ohr an die Tür und lauschte dem, was da aus der Wohnstube drang.

„Warum sagst du ihm nicht endlich die Wahrheit?!", hörte er Melanie sagen.

„Damit er nicht unnötig beunruhigt ist."

„Unnötig? Ich glaube es gibt eine Menge Gründe, sich Sorgen zu machen", erwiderte Melanie mit Kraft in der Stimme.

„Lass uns noch ein bisschen warten, bevor wir es ihm sagen."

„Und du glaubst tatsächlich, dass das das Beste für ihn ist?"

„Mama will auch nicht, dass wir es ihm sagen“, antwortete Alfred.

„Mama sieht ja auch nicht, wie ihn das Ganze hier verstört. Papa, er wollte gerade allein nach Brasilien fliegen, weil du ihm die Hucke vollgelogen hast.“

„Zu seinem Besten.“

„Papa!?! Ich werd morgen mit Mama darüber reden. Gleich nach der Schule fahr ich ins Krankenhaus.“

„Ich halte das für keine gute Idee …“

Marko nahm langsam sein Ohr von der Tür. Was er da gehört hatte, war ungeheuerlich. Doch er wusste schon, was er zu tun hatte.

Donnerstag, 25. Juni 1992

Am nächsten Morgen suchte und fand Marko in dem Kästchen im Flur einen ganz bestimmten silbergrauen Schlüssel. Damit marschierte er auf den Hausflur hinaus, schloss die Abstellkammer auf und schlängelte sich an allerhand Kram vorbei in den hintersten Teil des Raumes, wo das rostig-rote Damenklappfahrrad stand. Schweren Herzens räumte er es hervor. Es musste sein.

Draußen schien das erste Mal seit langer Zeit die Sonne. Es würde ein warmer Tag werden.

Außer Sichtweite und doch unweit der Schule stellte er das Rad ab, schloss es an und ging die letzten Meter zu Fuß.

*

Markos Musiklehrer, Herr Vetter, war ein klein gewachsener Mann ohne Hals. Wie zu Beginn jeder Musikstunde teilte er die quadratischen Musikbücher mit den vergilbten Seiten aus.

„Es tut mir leid, Kinder, aber die neuen Bücher, die man uns bereits letztes Schuljahr versprochen hatte, sind immer noch nicht angeschafft worden. Wir bleiben also bei dem alten Zeug. Seite 46 aufschlagen, bitte!"

Nach einem kollektiven Rascheln stöhnten einige über den geöffneten Büchern.

„Wer will die Pauke schlagen? Dreivierteltakt", fragte Herr Vetter.

Die meisten Schüler meldeten sich. Marko nicht. Die Pauke war viel zu populär, als dass er eine Chance gehabt hätte. Außerdem hatte er es auf ein anderes Instrument abgesehen. Eines, das ihm am Anfang und am Ende des Stückes ein Solo garantieren würde, und dazwischen eine lange Pause.

„Triangel?“, fragte Herr Vetter jetzt.

Markos Arm war der einzige, der in die Höhe schoss.

Die Klasse stellte sich in zwei Reihen vor der Tafel auf. Robert hatte ein Tamburin bekommen, Ecki die Pauke ergattert. Diejenigen ohne Instrument hielten ihre Bücher in den Händen. Auf ein Zeichen von Herrn Vetter schlug Marko die Triangel drei Mal im Takt. Dann fingen die meisten Schüler an zu singen.

Von all unsern Kameraden
War keiner so lieb und so gut,
Wie unser kleiner Trompeter,
Ein lustiges Rotgardistenblut,
Wie unser kleiner Trompeter,
Ein lustiges Rotgardistenblut

„Cha-cha-cha …!“

David natürlich. Alle hörten auf zu singen und fast alle lachten.

Herr Vetter rollte eine große Runde mit den Augen.

„Möchtest du vielleicht allein weitersingen?“, fragte er den Störendavid.

Der beeilte sich, den Kopf zu schütteln.

„Also gut, weiter mit der zweiten Strophe.“

Wieder bekam Marko ein Zeichen und wiederum schlug er die Triangel drei Mal.

Wir saßen so fröhlich beisammen,
In einer so stürmischen Nacht
Mit seinen Freiheitsliedern,
Hat er uns so glücklich gemacht

Marko bewegte nur die Lippen, ohne sich stimmlich zu engagieren. Er war ja schon Soloinstrumentalist. Das hieß nicht, dass er ungern sang. Im Gegenteil. Auch das Lied des kleinen Trompeters mochte er ganz gern und trällerte es ab und zu allein für sich. Aber er hasste es, vor seinen Klassenkameraden singen zu *müssen.* Die Schule war doch dazu da, um einem was beizubringen und nicht dafür, um sich vor anderen der Lächerlichkeit preiszugeben. Das Gleiche galt fürs Stangenklettern. Im Unterschied zur Musik hasste er es auch privat. Auf welchen Aspekt des Erwachsenenlebens es ihn genau vorbereiten sollte, hatte er nie verstehen können. Da draußen in der Welt waren ihm noch keine Kletterstangen untergekommen. Selbst die Feuerwehrleute, die ja im Brandfall gerne Stangen hinunterrutschten, nahmen nach oben die Treppe. Und so würde er sich lieber bis ans Ende seiner Schultage eine Sechs im Stangenklettern geben lassen, als sich noch mal einen halben Meter über dem Boden an der Stange klammernd vor der Klasse zu blamieren. Erst recht jetzt, wo Anna da war.

Während er so tat als ob, und nur seine Lippen bewegte, klebte sein Blick an denen von Anna fest. Er konnte ihre Stimme zwar nicht wirklich heraushören, war sich aber doch sicher, dass sie die wohlklingendste von allen war. Tatsächlich machte ihre Gegenwart den Gesang der Klasse so gut wie nie zuvor. Fast engelsgleich.

Und auch die Instrumente klangen wesentlich besser als sonst. Marko hörte Flöten und Streicher. Und ja, sogar eine Trompete.

Mit seinen Freiheitsliedern,
Hat er uns so glücklich gemacht

Marko konnte alles ganz genau sehen, hatte es direkt vor Augen. In einer stürmischen Nacht an der Front saßen seine Mitschüler in Soldatenuniformen an einer breiten Stelle des Schützengrabens beisammen. Unter ihnen war Anna, als Krankenschwester gekleidet. Sie kniete abseits an einem Feldbett und verarztete die Patientin: Markos fiebrig-kranke Mutter. Doch alle Augen waren auf Marko gerichtet, den kleinen Trompeter, der in ihrer Mitte stand und auf seiner Trompete Freiheitslieder spielte.

Da kam eine feindliche Kugel,
Bei einem so fröhlichen Spiel
Mit einem mutigen Lächeln,
Unser kleiner Trompeter er fiel
Mit einem mutigen Lächeln,
Unser kleiner Trompeter er fiel

Die Kugel kam aus dem Nichts herangepfiffen und traf Marko mitten ins Herz. Er hielt sich die Brust, fiel, wollte sich wieder aufrichten und sank erneut nieder. Mit letzter Kraft wälzte er sich auf dem Boden, die Wunde stark blutend. Letztendlich vermochte er nicht einmal mehr die Augen offenzuhalten und verstarb mit dem besungenen Lächeln auf den Lippen. Die anderen konnten nur ohnmächtig zusehen, Anna war vollkommen aufgelöst.

Schlaf' wohl Du kleiner Trompeter,
Wir waren Dir alle so gut
Schlaf' wohl Du kleiner Trompeter,
Du lustiges Rotgardistenblut

Markos offener Sarg wurde ins Grab hinuntergelassen. Ringsherum standen, in Schwarz gekleidet, Robert, Anna, Sindy mit S und Ecki, aber auch Markos Eltern, Melanie, Egon, Frau Bayer, Frau Jonas und der Direktor. Anna weinte bitterlich.

Schlaf' wohl Du kleiner Trompeter,
Du lustiges Rotgardistenblut

Gerade noch rechtzeitig schlug Marko, quicklebendig im Musikraum der 21. Grundschule Hohenschönhausen, die Triangel zum Abschluss des Liedes. Herr Vetter lächelte selig.

*

Marko verließ das Schulgelände und steuerte direkt auf sein Fahrrad zu. Da holten ihn genau diejenigen seiner Klassenkameraden, die ihn gerade noch an seinem Grab betrauert hatten, mit ihren schicken, nagelneuen BMX-Rädern und Mountainbikes ein und rollten neben ihm her.

„Willst du nicht doch mitkommen zur Malchower Aue?“, fragte Robert ihn.

Er war der Einzige der Gruppe, der wie Marko ein altes Ostfahrrad hatte. Und es schien ihm überhaupt nichts auszumachen.

„Nein, ich kann nicht“, erwiderte Marko, ohne Robert anzusehen.

„Schade.“

Er suchte mit den Augen nach Anna. Dabei traf sein Blick für den Bruchteil einer Sekunde den von Ecki. Doch statt hämisch oder zufrieden, sah der ihn mitleidig an. Er weiß es, dachte Marko und schaute bemüht böse zurück.

Ecki radelte mit Sindy mit S drauflos und Robert strampelte hinterher. Nur Anna blieb bei ihm. Marko erreichte sein Fahrrad, überlegte, ob er daran vorbeilaufen sollte, wandte sich dann aber dem Klapprad zu und öffnete ungeübt das Schloss.

„Du hast ja doch ein Rad“, sagte Anna nur halb erstaunt. „Wir hatten schon überlegt, ob du gar keins hast und deswegen nicht mitkommen wolltest.“

„Das ist von meiner Mutter …“, versuchte Marko abzutun. Er kletterte auf den Sattel.

„Aber du kannst fahren, ja?“, vergewisserte sie sich.

„Klar. Aber ich kann nicht mit euch kommen. Tut mir leid.“

„Verstehe. Bis dann“, klang Anna so, als würde sie wirklich verstehen und es ihr nichts ausmachen. Dabei wünschte er sich, dass es ihr was ausmachte. Wie gerne wäre er mit ihr gefahren. Doch so trat Anna in die Pedale und Marko konnte ihr nur traurig hinterherschauen.

„Bis dann …“, sagte er kaum hörbar und machte sich auf den Weg.

*

Auf der gegenüberliegenden Straßenseite von Melanies Oberschule versteckte Marko sich hinter einem Lieferwagen und wartete. Blöderweise hatte der Wagen Ananas geladen, sodass er sich die ganze Zeit über die Nase zuhalten musste. Früher hatte er die saftige Südfrucht geliebt. Immer wenn sein Großvater zu Silvester eine kleine Konservendose davon besorgen konnte und die Erwachsenen zwei, drei Fruchtstückchen in ihr Sektglas taten, durfte Marko mit einem großen Esslöffel den Rest der Dose auslöffeln. Es machte den Jahreswechsel für ihn noch besonderer und magischer als Weihnachten – mit seinem Feuerwerk, dem Lange-Aufbleiben-Dürfen und eben dieser exotischen Köstlichkeit. Das Allererste, was seine Eltern ihm nach dem Kaputtgehen dieser sonderlichen Mauer kauften, war eine frische Ananas. Das Dumme war nur: Wenn man nie zuvor in seinem Leben eine frische Ananas gegessen oder überhaupt nur gesehen hatte, woher sollte man wissen, ob sie noch frisch war oder nicht? Und jenes Exemplar war es nicht mehr. Marko bekam eine Lebensmittelvergiftung, lag drei Wochen krank im Bett und war seither Besitzer eines flauen Magens, wann immer er die süßliche Fäule einer Ananas nur roch.

Endlich trat seine Schwester mit ein paar Freunden aus dem Schulgebäude und schlenderte zur Straßenbahnhaltestelle. Marko folgte ihr in sicherem Abstand.

Sie stieg nach kurzer Wartezeit in die Bahn gen Innenstadt, während ihre Mitschüler in die entgegengesetzte Richtung fuhren. Marko schwang sich auf sein Rad und folgte der Straßenbahn mit seiner Schwester so schnell er konnte. Sah es zwischenzeitlich immer wieder so aus, dass er sie verlieren würde, so schaffte er es doch an jeder Haltestelle die Bahn einzuholen. Dabei drang er in Teile der Stadt vor, in denen er nie zuvor gewesen war, schon gar nicht ohne seine Eltern. An einer Straßenbahnhaltestelle auf der Landsberger Allee, vor dem Klinikum am Friedrichshain, stieg Melanie aus. Marko kam kurz nach ihr dort an und erspähte seine Schwester beim Betreten des Gebäudes. Er stellte sein Fahrrad ab und folgte ihr.

Seine Geburt und seinen Leistenbruch mitgerechnet, war es Markos dritter Aufenthalt in einem Krankenhaus überhaupt. Ziellos wanderte er durch die Gänge, in der Hoffnung, seine Schwester ausfindig zu machen, als sich eine Frau von mächtiger Gestalt vor ihm aufbaute.

„Hast du dich vielleicht verlaufen?“, fragte sie in vorwurfsvollem Ton.

„Ja … Nein! Ich suche meine Mutter“, erklärte Marko.

„Das hier ist ein geschlossener Bereich. Du kannst hier nicht einfach so rumlaufen“, erwiderte die Dame in weiß unfreundlich.

„Das ist schon okay. Der gehört zu mir.“

Die Krankenschwester musterte missmutig die junge Frau, die neben ihr aufgetaucht war und zog kommentarlos ab.

„Ich will zu Mama …“, beantwortete Marko den tadelnden Blick seiner Schwester.

„Ich weiß …"

Melanie nahm seine Hand und führte ihn die Krankenhausflure entlang. Vor einer der vielen Türen blieb sie stehen und beugte sich zu ihrem Bruder hinunter.

„Warte hier", sagte sie halblaut und trat in das Zimmer hinein.

Nach einer Weile kam Melanie wieder hinaus und nahm ihn zur Seite.

„Also, pass auf: Mama darf sich nicht aufregen, hörst du? Außerdem bekommt sie ziemlich starke Medikamente, die sie sehr müde und so machen. Verstanden?"

Marko nickte. Melanie demonstrierte ihm, wie er sich die Hände desinfizieren sollte, nahm ihn dann bei der klinisch-sauberen Hand und brachte ihn in das Zimmer. Als er seine Mutter erblickte, wollte Marko auf sie zustürmen. Doch die Nadeln in ihrem Körper, die Apparaturen um das Bett herum, vor allem aber das blasse, ausdruckslose Gesicht und die glasigen Augen ließen ihn zurückschrecken. In sicherem Abstand zum Krankenbett blieb er stehen.

„Hallo Spatz."

Marion klang so überhaupt nicht nach ihr selbst. Hätte Marko sie nicht vor sich gesehen, an der Stimme hätte er sie bestimmt nicht erkannt. Zögerlich ging er auf sie zu und küsste sie vorsichtig auf die Wange.

„Papa hat mir erzählt, was für ein großer Junge du in den letzten Tagen gewesen bist …", sagte Marion langsamer als gewohnt. „Alles in Ordnung zu Hause und in der Schule?"

Marko schaute kurz zu Melanie rüber, die sich auf einen Stuhl in der Ecke des Zimmers gesetzt hatte.

„Alles gut …“, versuchte er einen Tonfall zu treffen, der sich so anhörte, als wenn er wirklich meinte, was er sagte.

„Wir hatten Sommerfest in der Schule und ich bin als Bud Spencer gegangen und Robert als Terence Hill. Melanie hat geholfen mir einen Bart zu schminken.“

„Das ist schön.“

Das leichte Lächeln auf dem Gesicht seiner Mutter war Marko in diesem Augenblick millionenfach wichtiger als die Wahrheit.

„Dann haben wir gegen zwei Sechstklässler beim Fußballspielen gewonnen und … ah, ja und ich bin endlich mit deinem Fahrrad gefahren! Also eigentlich läuft alles wie geschmiert.“

Marion lächelte wieder. Oder immer noch. War ja auch egal, solange sie lächelte. Melanie beobachtete ihren Bruder still beim Flunkern.

„Geht's dir schon besser? Geht das Tropenfieber langsam weg?“

„Es geht schon wieder besser“, antwortete sie.

„Mama! Sag ihm, was du wirklich hast! Sonst mach ich das!“, meldete sich Melanie zu Wort.

Marko schaute erst seine Schwester, dann seine Mutter fragend an.

„Die Ärzte haben vor ein paar Tagen bei mir ein Geschwür entdeckt“, wandte sich Marion an ihn. „Das haben sie dann sofort rausoperiert. Jetzt müssen wir abwarten, ob es ein gutes oder ein böses Geschwür war.“

„Was Böses?“, fragte Marko erschrocken.

„Krebs“, sagte Melanie trocken.

„Aber Papa hat mir gesagt, du hättest Tropenfieber!

Er hat mir erzählt, du wärst in Brasilien den Regenwald beschützen ...", verstand Marko gar nichts mehr und dann auf einmal irgendwie alles.

„Dein Vater und ich wollten dich nicht unnötig beunruhigen ..."

„Ihr habt mich die ganze Zeit angelogen!"

Marko schnaubte wütend und rannte aus dem Zimmer in den Flur, an der garstigen Krankenschwester vorbei.

Auf dem Rückweg trabten Melanie und Marko, mit seinem Fahrrad an den Händen, schweigend nebeneinander her. Den Bürgersteig entlang folgten sie den Straßenbahnschienen Richtung Hohenschönhausen. Marko war tief in Gedanken.

„Papa wollte dich nicht anlügen. Aber für ihn ist das auch keine einfache Situation ...", versuchte Melanie zu erklären.

„Muss Mama sterben?", sprach er endlich die Frage laut aus, die ihn beschäftigte, seit er das Krankenzimmer seiner Mutter betreten hatte.

„Hoffentlich erst in 50 oder 60 Jahren ..."

„Du meinst sie wird älter als 82 Jahre? Das ist nämlich die Lebenserwartung für Frauen."

„Ich weiß. Aber das ist eben nur die durchschnittliche Lebenserwartung. Menschen können auch viel älter werden. Und manche eben weniger alt."

„Mhm."

Wieder sagten sie eine lange Zeit nichts. Eine kreischende Straßenbahn zuckelte an ihnen vorbei.

„Vielleicht sollten wir Papa nicht sagen, dass ich bei Mama war und dass ich weiß, dass sie gar nicht in Brasilien ist. Vielleicht ist das besser für ihn?“, schlug Marko vor.

Melanie schaute ihren Bruder gerührt an und fuhr ihm kurz mit der Hand durch die Haare.

Freitag, 26. Juni 1992

Marko studierte in seinem *Von A(nton) bis Z(ylinder)-Lexikon* die farbigen Abbildungen von Krebstierchen, als es an der Tür klingelte. Er wartete auf eine Reaktion aus der Zimmerhälfte seiner Schwester. Da die nicht kam, stiefelte er selbst zur Wohnungstür und öffnete. Ecki stand davor.

„Hallo“, sagte der.

„Hallo …“, nuschelte Marko.

„Weil wir ja gestern unterwegs waren, und es heute bei Sindy nicht geht, haben meine Eltern erlaubt, dass wir unser Gruppentreffen bei mir machen. Die Anderen sind schon alle da und fragen nach dir …“

„Tut mir leid. Hab keine Zeit“, log Marko.

„Ich hatte versucht, dich übers Dosentelefon zu erreichen …“, fing Ecki an zu erklären, gab aber auf. „Na, dann bis Montag in der Schule.“

Marko schloss die Tür und schlurfte zurück in sein Zimmer. Er setzte sich aufs Bett und starrte, mit dem Rücken an die Wand gelehnt, vor sich hin. Sein Blick wanderte von der Dose auf dem Fensterbrett zu seiner Regenwald-Urkunde, zum Globus und wieder zurück. Er spielte Erkenntnistetris, versuchte all die Gedanken, die ihm durch den Kopf schossen, auf eine Linie zu bringen. Anna sehen. Der Gruppe sagen, dass er gelogen hatte. Denn seine Mutter war gar nicht in Brasilien, war nie dort gewesen … Die Sache dann aber auch erklären? Die Gruppe nicht im Stich lassen.

Marko legte den Kopf in den Nacken und rief der Zimmerdecke zu, dass er kurz zu Ecki rübergehen würde.

Ohne auf eine Antwort seiner Schwester zu warten, schlüpfte er in seine Schuhe und zog die Wohnungstür hinter sich zu.

Hätte er den Kopf durch den Vorhang gesteckt, hätte er gesehen, dass Melanie zwar an ihrem Schreibtisch saß, allerdings mit ihren Kopfhörern Musik hörte.

*

Nachdem er geklopft und man ihm die Tür geöffnet hatte, waren da keine Gesichter. Stattdessen schwebte ein großer, grauer Kasten in der Luft. Das Ding fiepte gleichmäßig und ein kleiner dunkelroter Punkt leuchtete in einer Ecke.

„Na, wie gefällt dir mein neues Spielzeug?“, drang Heiners Stimme hinter dem Kasten hervor.

Marko schaute kurz in die Linse der VHS-Kamera und zuckte mit den Schultern. Dann tauchte Ecki neben dem Gerät auf.

Heiner zoomte hörbar heran, wie Marko seine Schuhe zu den anderen stellte und in die Wohnstube verschwand, wo Eckis Mutter auf der Couch im hinteren Teil des Zimmers saß. Er ging zu ihr und reichte ihr die Hand.

„Hallo Marko! Wie geht's deiner Mutter?“, versuchte Sigrid, die er lange Zeit Tante Sigrid genannt hatte, aufrichtig freundlich zu klingen. Dabei wirkte sie selbst nachdenklich und bedrückt.

Wieder zuckte Marko nur mit den Schultern.

Wenig später saß er auf Eckis Bett, rechts von Sindy mit S, links von Anna. Robert, Heiko und Cindy mit

C lungerten auf dem Boden herum. Ecki stand vor der Gruppe und las aus ihrem Brief an die Regierungen von Norwegen und Japan vor.

„Liebe Staatsministerin Gro Harlem Brundtland, lieber Premierminister Miyazawa Kiichi, wir von der Tierschutzgruppe Berlin-Hohenschönhausen fordern Sie hiermit auf …"

Marko wandte sich Anna zu und näherte sich ihrem Ohr.

„Ich muss dir was Wichtiges sagen …", flüsterte er ihr zu.

„Was denn?", wisperte sie zurück.

„Nachher …"

„… man sagt auch, wer einmal den Gesang eines Wals gehört hat, wird nie wieder einem dieser Tiere etwas zuleide tun können. Mit diesem Brief schicken wir Ihnen die Aufzeichnung eines singenden Wals aus dem MICKY-MAUS-*Heft 39 letztes Jahr …"*

Sindy mit S beäugte argwöhnisch das vertraute Getuschel zwischen Anna und Marko.

„Die Platte ist nur sehr dünn, fast wie Papier, also müssen Sie sie auf eine richtige Schallplatte legen, damit …"

„Weißt du schon, dass Ecki und Anna jetzt verlobt sind?", zischelte Sindy mit S Marko ins Ohr. „Seit unserem Ausflug gestern."

Marko versuchte, sich nicht anmerken zu lassen, wie sehr ihn die Nachricht traf. Sein Blick wanderte von Anna zu Ecki und wieder zu Anna.

„Bitte schicken Sie die Platte, nachdem Sie sie gehört haben, an uns zurück. Marko möchte sie nämlich gerne wiederhaben …"

Marko platzierte einen münzgroßen Stein zwischen der schweren Tür und dem Türrahmen seines Hauseingangs und setzte sich auf die Treppenstufen neben Anna. Er wagte es nicht, sie anzuschauen.

„Was wolltest du mir denn Wichtiges sagen?“, fragte sie, nachdem sie eine unendliche Endlosigkeit lang so dagesessen hatten.

„Ich wollte dir sagen, dass ... dass ich dich angelogen habe. Weil ... meine Mutter ist gar nicht in Brasilien, sondern hier in Berlin. Im Krankenhaus.“

„Geht es ihr gut?“, klang Anna besorgt.

„Ich weiß nicht ... Ich hab sie gestern das erste Mal besucht. Sie muss wohl noch länger dortbleiben.“

„Mach dir keine Sorgen“, beruhigte sie ihn. „Solange die nicht bei euch zu Hause anrufen, ist alles in Ordnung.“

„Wie?“

Marko verstand nicht.

„Bei meinem Opa war das damals so. Er lag lange im Krankenhaus, aber alles war in Ordnung, bis dann das Krankenhaus bei uns zu Hause angerufen hat.“

„Was haben sie gesagt?“

„Na, dass er gestorben ist.“

Da Marko sich noch nie geprügelt hatte, wusste er nicht, wie sich Faustschläge in den Magen oder ins Gesicht anfühlten. Aber sie mussten ungefähr dieselbe Wirkung wie Annas Worte haben. In seinem Kopf zog eine Nebelwolke auf und ihm wurde schlecht. Er hatte nicht mal mehr mitbekommen, wie Anna ihm gesagt hatte, dass sie nach Hause müsse. Erst als sie ihm zum Abschied ein Küsschen auf die Wange drückte, kam er zu sich. Aber was hatte das jetzt wieder zu bedeuten? Mochte sie ihn vielleicht doch?

„Glückwunsch", rief er ihr halblaut hinterher.

Sie drehte sich noch mal um, winkte ihm zu und war bald verschwunden.

Glückwunsch zur Verlobung, dachte Marko.

Noch immer benommen, öffnete er die Haustür, entfernte den Stein und stieg die Treppe hinauf. Aus einer der Wohnungen weiter oben drang lautes Streiten. Und je näher Marko seiner Wohnungstür kam, desto deutlicher wurde es.

Er klingelte und musste nur kurz warten. Mit einem Ruck riss Alfred die Tür auf.

„Ach, sieh an! Wo bist du denn gewesen?"

„Ich war bei Ecki drüben … Aber ich hab Melanie Bescheid gesagt", schob er schnell hinterher, weil er den Ärger, der da in der Luft lag, nicht nur hören konnte (in der Stimme seines Vaters), sondern auch sehen (Alfreds Augenbrauen) und fühlen (in der Magengegend).

„Lüg doch nicht! Du hast mir *nicht* Bescheid gesagt", hörte er seine Schwester aus der Wohnstube rufen.

Alfred eilte schnellen Schrittes zurück zu ihr ins Wohnzimmer und schimpfte. „Ich verstehe nicht, wie du in solch einer Situation so egoistisch sein kannst. Ist das zu viel verlangt, ein bisschen mehr Verantwortung für deine Familie zu übernehmen?"

„Ich war den ganzen Nachmittag hier!", verteidigte Melanie sich.

„Glaubst du, ich weiß nicht, dass du ihn abends allein lässt, um dich sonst wo rumzutreiben?", fragte Alfred eine dieser Nicht-Fragen.

„Ich hab die letzten Tage ja wohl genug gebabysittet. Ich hab auch ein eigenes Leben."

„Ja, aber ich kann ihn nun mal nicht mehr mit zur Arbeit nehmen!", entgegnete Alfred lautstark.

„Was heißt überhaupt ‚in solch einer Situation'?", nagelte Melanie ihren Vater auf dessen Worte fest. „Nenn die Dinge doch beim Namen …", forderte sie. „Ich glaub, du machst dir selbst was vor. Aber mich egoistisch nennen! Sag's schon: Mama hat Krebs!"

„Das ist doch gar nicht sicher. Solange die Gewebeproben …", versuchte Alfred einzuwenden. Seine Stimme hatte an Festigkeit verloren.

„Aber Mama hat vielleicht Krebs. Die schneiden sie ja nicht umsonst auf. Sag es ihm!" Sie deutete in Markos Richtung.

Alfred schaute seinem Sohn in die Augen. Doch er blieb stumm.

„Sag es! ‚Mama hat vielleicht Krebs'!", ließ Melanie nicht locker.

Da klingelte das Telefon. Einmal, zweimal, ohne dass sich jemand bewegte. Gelähmt starrte Marko den Apparat an. *Nicht das Krankenhaus, Nicht das Krankenhaus,* schoss es ihm durch den Kopf. Alfred schaute entschuldigend zu seiner Tochter und nahm ab.

Melanie schnaufte und eilte aus der Stube.

Marko lauschte jeder Silbe, die Alfred in den Hörer sprach.

„Halb sechs? In meinem Schichtplan steht aber was von halb sieben …"

Er atmete erleichtert aus. Melanie stürmte mit einer Tasche unterm Arm aus ihrem Zimmer. Alfred diskutierte weiter am Telefon. Im selben Moment, in dem Markos Vater den Hörer auf die Gabel legte, knallte seine Schwester die Wohnungstür hinter sich zu. Perplex schaute Alfred dem Geräusch hinterher. Sein hilfloser Blick blieb bei Marko hängen. Er wankte auf seinen Sohn zu und beugte sich zu ihm hinunter.

„Ich … Ich muss jetzt los zur Arbeit. Deine Schwester kommt bestimmt bald zurück. Solange musst du auf dich selbst aufpassen. In Ordnung?"

„In Ordnung", sagte Marko fast stimmlos.

„Versprich mir, dass du die Wohnung nicht verlässt. Schau so viel fern wie du willst, aber keine Dummheiten!"

Marko antwortete mit einem Nicken.

Alfred richtete sich auf, kramte ein paar Sachen zusammen, die er in seiner Aktentasche verstaute, zog sich eine leichte Sommerjacke über und schloss die Tür hinter sich. Marko war allein.

*

Auch zur Abendbrotzeit war Melanie nicht zurückgekehrt. Draußen auf der Straße knallten Böller und Silvesterraketen zischten durch die Luft. Marko füllte Cornflakes in seine hellgrüne Lieblingsschüssel mit dem aufgemalten Gesicht. Er öffnete den Kühlschrank auf der Suche nach Milch. Ohne Erfolg. Er überlegte, ob er losgehen und welche kaufen sollte. Aber er hatte keinen Schlüssel und außerdem seinem Vater versprochen, zu Hause zu bleiben. Er setzte sich an den Küchentisch und aß die trockenen Flakes einzeln mit den Fingern. Angetrunkenes Herumgegröle drang durch die angeklappten Fenster in die Wohnung.

Finale, ohoo! Finale, ohohohoooo!

Während Marko überlegte, ob man Cornflakes wohl auch mit Wasser essen könnte oder ob er es mit Sauerkirschsaft probieren sollte, klingelte das Telefon. Marko zuckte zusammen und sein Herz fing augenblicklich an zu rasen.

Mit dem zweiten Klingeln spannte sich jeder Muskel seines Körpers an, bis er erst verkrampfte und schließlich komplett erstarrte. Es klingelte das dritte Mal, das vierte Mal, ohne, dass Marko sich bewegen konnte. Er dachte nichts, sondern beobachtete, was in ihm vorging. Mit dem fünften Klingeln hatte er plötzlich das Gefühl, dringend auf die Toilette zu müssen, was sich ein Klingeln später in Übelkeit verwandelte. Die Gedanken kamen mit dem achten Klingeln. Wenn er nicht ans Telefon gehen würde, was er sowieso nicht durfte, dann würde auch nichts passieren. Die Welt würde genauso bleiben, wie sie vor dem Telefonanruf gewesen war. Aber was, wenn es Melanie war? Oder sein Vater, mit wichtigen Informationen? Bei Klingeln Nummer neun sprang er auf, rannte ins Wohnzimmer und hob den Hörer ab.

„Ja?"

Am anderen Ende meldete sich eine weibliche Stimme. Marko konnte unmöglich heraushören, wie alt die dazugehörige Frau wohl sein mochte.

„Klinikum im Friedrichshain. Bin ich dort richtig bei Wedekind?"

In dem Moment, in dem Marko das Wort Klinikum, also Krankenhaus, hörte, war es, als wenn er sich in zwei

Personen aufteilte. Eine, die weitertelefonierte und eine andere, die ihm dabei zuschaute.

„Ja."

„Könnte ich bitte deinen Vater sprechen?"

Natürlich hatte ihn seine Stimme verraten. Er konnte noch so erwachsen sein, noch so viele Punkte auf seiner Liste abhaken, solange sein Körper – seine Stimmlage, seine Größe, seine Behaarung – nicht endlich auch erwachsener werden würde, würde er nie ernstgenommen werden.

„Der ist arbeiten", sagte Marko resignierend, nahm dann aber all seinen Mut zusammen. „Soll ich ihm etwas ausrichten?"

Die weibliche Stimme zögerte.

„Wie … Wie alt bist du denn?"

„Zehn", log er, ohne jedes Schuldgefühl.

„Ich glaube, ich besprech das besser mit deinem Vater persönlich."

„Aber ich werde bald elf!", ärgerte Marko sich, nicht gleich elf gesagt zu haben, um später auf zwölf erhöhen zu können.

„Auf Wiedersehen …"

Ein Knacken in der Leitung, ein Rauschen und dann ein Tuten. Marko versuchte, sich nur auf dieses Tuten zu konzentrieren und alle anderen Gedanken nicht zuzulassen. Doch was geschehen war, war geschehen, auch wenn er es erst in ein paar Stunden, nachdem das Krankenhaus mit seinem Vater gesprochen hatte, oder erst in ein paar Tagen erfahren würde. Denn so lange könnte es dauern, bis Alfred und Melanie sich in so viele Widersprüche verstrickt hatten, dass sie ihm endlich die

Wahrheit sagen mussten. Doch Marko hatte nicht vor, so lange zu warten.

*

Nachdem er sich seinen Schlafanzug übergestreift hatte, schloss Marko erst das Küchenfenster und dann die Schiebetür, die Küche und Flur trennte. Er schnitt einen Streifen von der Rolle Paketband ab, die er gefunden hatte und klebte ihn sich längs über den Mund. Er bemühte sich, alles haarklein so zu machen, wie er es in dem Film gesehen hatte. Er drehte die vier Kochplatten und den Backofen des Herds bis zum Anschlag auf, öffnete die Tür des Ofens und setzte sich im Schneidersitz davor. Gespannt beobachtete er den Herd und harrte der Dinge, die passieren würden.

Und tatsächlich: Im Schwarz, tief im Inneren des Backofens, glaubte er, bald das Grün des brasilianischen Urwalds erkennen zu können.

*

Spät in der Nacht kam Alfred nach Hause. Er stellte seine Aktentasche ab, hängte seine Jacke an die Garderobe und öffnete vorsichtig die Tür zum Kinderzimmer. Der grelle Lichtschein der Flurbeleuchtung fiel auf Markos Bett. Es war leer.

„Marko?“, fragte Alfred mit unsicherer Stimme.

Er machte Licht im Zimmer, sah in Melanies Hälfte nach, eilte in die Wohnstube und schaltete auch dort das Deckenlicht ein. Nichts zu sehen, weder von seinem

Sohn noch von seiner Tochter. Erst jetzt erblickte er die geschlossene Schiebetür zur Küche und schob sie vorsichtig beiseite. Marko lag mit angewinkelten Beinen regungslos vor dem Herd. Alfred kniete sich zu ihm nieder und rüttelte ihn sanft.

„Marko. Wach auf."

Nur langsam kam der Junge zu sich.

„Was machst du denn hier?", fragte Alfred ihn.

Marko pulte sich den Schlaf aus den Augen. Da bemerkte Alfred den Klebestreifen auf seinem Mund. Er schaute auf die Armatur des Ofens, sah, dass alles voll aufgedreht war. *Hatte er …? Wollte er etwa …? Mit einem Elektroherd?*

Er packte seinen Sohn fest an den Schultern und schüttelte ihn heftig.

„WAS MACHST DU DENN HIER?!", rief er. Außer sich.

Marko schaute seinen Vater hilfesuchend an. Die Tränen schossen ihm ins Gesicht. Alfred hörte mit dem Rütteln auf und drückte seinen Sohn fest an sich.

„Was machst du denn hier …", wiederholte Alfred kraftlos.

Marko schluchzte laut in sein Klebeband hinein.

„Es wird alles wieder gut … Ich versprech's dir …", versuchte sein Vater ihn zu beruhigen.

Doch Marko glaubte ihm nicht.

Samstag, 27. Juni 1992

Marko öffnete die Augen. Die Sonne warf ein Streifenmuster durch die am Vorabend nicht verschlossene Jalousie. Er stieg aus dem Bett und lugte durch den Vorhang in Melanies Hälfte. Sie war nicht zurückgekommen. Von der Tür zum Wohnzimmer aus sah er Alfred auf dem Balkon stehen. Mit verschränkten Armen stützte er sich auf der Brüstung ab.

Noch immer im Schlafanzug ging Marko zu ihm hinaus, nahm sich die kleine Fußbank und stellte sich neben ihn. Erst jetzt bemerkte er die Zigarette in Alfreds Hand.

„Papa, du rauchst?“, fragte er verwundert.

Soweit er denken konnte, hatte er seinen Vater nie rauchen sehen. Seine Mutter, ja. Seine Schwester, ja. Aber seinen Vater? Dabei war der die ganze Zeit über sehr wohl ein richtiger Erwachsener gewesen.

„Ich hab früher viel geraucht, weißt du? Aber das war, bevor deine Schwester auf die Welt gekommen ist.“

Alfred betrachtete seinen Sohn nachdenklich und tätschelte ihm mit der nicht verqualmten Hand die Haare. Gemeinsam schauten sie wortlos dabei zu, wie auf dem Parkplatz stolze Besitzer ihre Autos wuschen. Auch Eckis Familienpassat wurde gepflegt. Alfred räusperte sich einmal, dann ein zweites Mal.

„Es tut mir leid, dass ich dich anschwindeln musste. Aber weißt du, manchmal ist es eben nicht die beste Lösung, die Wahrheit zu sagen. Das nennt man Notlüge.“

Ich weiß, was eine Notlüge ist. Aber eine Notlüge ist doch immer auch eine Lüge, antwortete Marko für sich, sagte es jedoch nicht laut.

„Mama und ich wollten dich nicht unnötig beunruhigen. Deswegen haben wir dir nicht gleich gesagt, dass sie ins Krankenhaus musste … Übrigens haben die angerufen."

Marko sah seinen Vater so traurig an, dass der sich beeilte die Neuigkeiten herauszurücken.

„Es ist alles in Ordnung! Wie's aussieht, kann Mama nächste Woche schon nach Hause."

In die gewaltige Erleichterung, die Marko empfand, mischte sich sofort eine große Portion Misstrauen. Warum sollte sein Vater ausgerechnet jetzt die Wahrheit sagen?

Alfred sah seinem Sohn den Unglauben an der Nasenspitze an.

„Wirklich! Indianer-Ehrenwort!"

„Du bist gar kein Indianer …", erwiderte Marko leise.

„Was willst du heute machen?", wechselte Alfred das Thema. „Ich hab den ganzen Tag frei. Heute Nachmittag fahren wir Mama besuchen, aber was machen wir jetzt?"

„Weiß nicht", erwiderte Marko gleichgültig.

„Sag, was du willst und wir machen das dann."

„Alles, was ich will?"

Marko überlegte. Er schaute auf den Parkplatz hinunter. Und zum ersten Mal seit vielen Tagen lächelte er.

*

Mit zwei Wassereimern und Schwämmen bewaffnet, traten Vater und Sohn aus dem Haus. Unter den Blicken der Nachbarn, die Alfred als spöttisch empfand, Marko aber nicht, wuschen sie gemeinsam den Familientrabbi. Nur wenige Autos entfernt winkte Heiner ihnen zu.

„Tag, Herr Professor."

„Tag, Kotzbrocken", antwortete Alfred so leise, dass nur Marko es hören konnte.

Tadelnd sah er seinen Vater an. Alfred schnaufte und seufzte, nickte dann aber Heiner zu, was dazu führte, dass der zu ihnen herüberkam. Ob er sich wohl wieder über ihr Auto lustig machen würde?, fragte Marko sich.

„Wie geht's Marion? Alles in Ordnung?", wollte Heiner stattdessen wissen.

„Ja, geht schon wieder, danke …", antwortete Alfred, ohne sein Gegenüber anzuschauen.

„Alfred, ich glaub, da steht so einiges im Raum, über das wir mal reden müssten", fuhr Heiner fort.

Marko spürte, dass der Moment gekommen war, die beiden Männer allein zu lassen. Er setzte sich auf den Grünstreifen des Parkplatzes und beobachtete aus der Ferne seinen Vater und Onkel Heiner dabei, wie sie das erste Mal seit langer Zeit wie normale Menschen miteinander redeten. Ecki hockte sich zu ihm.

„Glückwunsch …", begrüßte Marko ihn.

„Wofür?"

„Na, du und Anna …, dass ihr euch verlobt habt."

„Hä? Wer erzählt denn so was?", klang Ecki tatsächlich überrascht.

„Stimmt's denn nicht?"

„Nää."

Die Diskussion ihrer Väter wurde lauter. Die beiden hatten sich voreinander aufgebaut und einige Gesprächsbrocken schwappten zu den Jungen hinüber.

„… Du hast doch … Du warst doch derjenige, der …“

Marko würde endlich erfahren, was wirklich das Problem zwischen ihnen war – Heiners Hals hin, Alfreds ewige Gestrigkeit her. Andererseits, was Ecki da gerade von sich gab, war noch einen Tick interessanter. Indem er seine linke Augenbraue nach oben zog, brachte Marko seinen ehemals zweitbesten Freund dazu, weiterzuerzählen.

„Anna und ich sind einfach nur gut befreundet. Außerdem hat sie mir gerade erst erzählt, dass sie in jemanden verliebt ist.“

„Ach so? In wen denn?“, versuchte Marko seine Begeisterung über das, was er da vernommen hatte, zu unterdrücken.

„Keine Ahnung. Das hat sie nicht gesagt.“

„Mhm.“

*

Zum allerersten Mal versuchte Marko, ein Geschenk selbst einzupacken. Anfangs schaffte er es nicht, das ganze Buch mit Geschenkpapier zu bedecken. Mit dem zweiten Versuch gerieten ihm die überstehenden Ecken so groß, dass sie einander überlappten und hässlich aufpufften. Nach dem dritten Fehlversuch war das Papier so sehr in Mitleidenschaft gezogen, dass Marko stattdessen das Brasilianisch-Lehrbuch in Zeitungspapier einwickelte und es mit dermaßen viel Klebestreifen verarztete, dass es halten *musste.*

Dann radelte er, so schnell es sein rostig-rotes Ostdamenklappfahrrad zuließ, zu Annas Haus und klingelte. Eine weibliche Stimme meldete sich über die Wechselsprechanlage. Vermutlich ihre Mutter, dachte Marko.

„Ja, bitte?"

„Ja, hallo, einen schönen guten Tag. Hier ist Marko. Kommt Anna raus spielen?"

„Anna ist schon draußen spielen. Sie wollte zu einem der Hinterhöfe in der Nähe ihrer Schule."

„Ah, ok … danke."

Marko schwang sich wieder auf sein Gefährt und radelte mit Warp-Geschwindigkeit zurück. Er fuhr zum Spielplatz, schaute sich bei den Tischtennisplatten um und tingelte einen Hinterhof nach dem anderen ab. Doch von Anna keine Spur.

Er war kurz davor aufzugeben, als er den Basketballplatz bei der Randowstraße erreichte. Schon von Weitem erkannte er Annas pechschwarze Haare. Sie saß mit dem Rücken zu ihm auf dem Geländer und sah ein paar Jungen beim Basketballspielen zu. Marko legte sein Rad auf den Rasen und näherte sich langsam dem Spielfeldrand. Die Partie wurde gerade unterbrochen und einer der Basketballer, es war der Sechstklässler mit den goldblonden Haaren, ging direkt auf Anna zu. Sie wechselten ein paar Worte, ehe der Goldblonde sich zu ihr hinunterbeugte und ihr einen Kuss gab. Auf den Mund …

Erst Minuten später, als das Spiel weiterlief, kam Marko wieder zu sich. Die Hauptsache war jetzt, fortzukommen, ohne dass Anna ihn sah. Er schwor sich, niemals an diesen Ort zurückzukommen. Und sich nie wieder zu verlieben.

*

Marko stand vor Egons Schrebergartenhütte und klopfte. Wenn er nicht so dringend mit seinem alten Freund hätte sprechen müssen, wäre er gleich gegangen, nachdem er keine Antwort bekam. So aber drückte er die Klinke nach unten. Und da die Tür aufsprang, trat er auch ein. In der Hütte selbst war es unheimlich düster, und unordentlicher als in Melanies Zimmerhälfte. Vor allem die vielen leeren Glasflaschen fielen Marko auf. Das waren keine Pfandflaschen, wusste er. Das waren Alkoholflaschen.

„Egon? Egon!"

Aus einer Ecke des Raumes drang unverständliches Gebrabbel. Marko sperrte die Tür weiter auf, erkannte Egon, wie er dort in seinen Klamotten auf einer Art Bett lag und ging auf ihn zu.

„Geht's dir gut?"

Der Alte schreckte auf und starrte ihn an – mit Augen wie aus Glas.

„Ich bin's, Marko …", sagte er traurig, als er merkte, dass Egon ihn nicht erkannte, obwohl sie doch fast Nase an Nase voreinander standen, beziehungsweise lagen. Der Alte schloss die Augenlider und atmete unruhig vor sich hin. Nachdenklich betrachtete Marko ihn noch eine Weile, drehte dann ab und ließ ihn hinter sich.

Marko hockte vor dem Fernseher und stierte auf die Mattscheibe. Der Vorspann von *Love Boat* lief. Bunte Bilder flimmerten über den Schirm und ein Mann sang auf Englisch vom Boot der Liebe. Obwohl er erst im nächsten Schuljahr mit dem Fremdsprachenunterricht beginnen würde und nur wenig verstand, wusste Marko, dass der Gegensatz zwischen dem, wie das Leben dort im Fernsehen präsentiert wurde und dem, wie er es im Moment empfand, nicht größer hätte sein können. Das machte ihn traurig und wütend zugleich.

Noch ehe der Vorspann zu Ende war, schaltete er die Kiste aus und ging in die Küche. Er nahm die Tüte Kaffee aus dem Schrank und warf sie in den Müll. Dann holte er das Erwachsenenbuch von dem Mann mit dem langen Bart aus seinem Zimmer und versteckte es weit hinter den anderen Büchern im Regal seiner Eltern. Später zündete er seine *Erwachsen-Sein*-Liste mit den Streichhölzern auf dem Balkon an und sah zu, wie sie in Alfreds Aschenbecher vor sich hin kokelte, bis nur farblose Asche übrigblieb.

Als Marko dann das Aufklärungsbuch zurücklegte, machte er auf dem Schreibtisch seiner Schwester eine spannende Entdeckung. Zwischen zwei *BRAVOS,* von deren Covern ihn gelockte Popstars mit hellweißen Zähnen angrinsten, versteckte sich ein kleines schwarzes Notizbüchlein. Nach einem kurzen Biss seines Gewissens öffnete Marko es und wusste sofort, dass diese feinsäuberliche Sammlung von Namen und Postanschriften ihm nützlich sein würde.

Melanies Büchlein in der Hand, setzte Marko sich ans Telefon und wählte eine Nummer.

„Hier die Auskunft. Was kann ich für Sie tun?“, fragte die männliche Stimme.

„Ja, hallo. Hier ist noch mal Marko Wedekind. Ich hatte vor ein paar Tagen schon mal bei Ihnen angerufen.“

Stille am anderen Ende der Leitung.

„*Was kann ich für Sie tun?*“, wiederholte die männliche Stimme dann.

„Ich brauche die Telefonnummer von dem Freund meiner Schwester“, sagte Marko. „Er heißt Ronny Kramer und wohnt hier in Hohenschönhausen …“

*

Vor dem Eingang des Krankenhauses wartete Marko auf den Moment, in dem Melanie samt Freund um die Ecke biegen würde. Um sich die Wartezeit zu verkürzen, zählte er erst leise auf Englisch von one bis onehundred und ging anschließend den Kader der Nationalmannschaft nach Rückennummern durch, angefangen bei der Eins, Bodo Illgner. Er war gerade bei Matthias Sammer, der Nummer Sechszehn, angekommen, als seine Schwester und Anhang endlich eintrafen.

Marko sprintete voraus. Er gab ihnen, ohne weitere Erklärungen, dafür mit umso wilderen Winkbewegungen, zu verstehen, dass sie ihm folgen sollten, was sie nach dem Austausch des einen oder anderen fragenden Blickes auch taten.

Marko ließ die strenge Krankenschwester und deren Frage, wo er hinwolle, rechts liegen und führte Melanie und Ronny zum Zimmer seiner Mutter.

Marion lag auf dem Bett und trug normale Anziehsachen statt eines Krankenhaushemdes. Alfred saß neben ihr. Die Überraschung in den Gesichtern der beiden hüpfte mit jedem bestehenden und vermeintlich neuem Familienmitglied, welches durch die Tür ins Zimmer trat, eine Stufe weiter nach oben.

„Alles in Ordnung?“, frage Melanie ihrerseits verwundert. Denn ihre Mutter sah weitaus erholter aus, als es die Dringlichkeit, mit der ihr kleiner Bruder sie am Telefon aufgefordert hatte ins Krankenhaus zu kommen, hatte erahnen lassen.

„Alles gut“, erwiderte Alfred.

Erst jetzt wagte Melanie ihrem Vater in die Augen zu sehen. Nach einer Millisekunde des Zögerns fiel sie ihm und dann der Mutter in die Arme.

„Das ist übrigens Ronny ...“, stellte sie Alfred und Marion ihren Freund als ihren Freund vor, der daraufhin sein Statistendasein aufgab und damit begann, Hände zu schütteln.

Marko hielt sich im Hintergrund. Als Melanie auf ihn zutrat und fast gewalttätig durch seine Haare wuschelte, lächelte er still in sich hinein.

Tapfer und gefasst verfolgte er am Abend im Fernsehzimmer des Krankenhauses, wie Kim Vilfort für Dänemark das 2:0 gegen die deutsche Mannschaft erzielte. Außer seiner Familie und Ronny interessierte sich auch der Großteil der anderen Patienten für das Finalspiel. Und während nach dem 1:0 noch laut aufgestöhnt oder leise geflucht wurde, trat mit dem zweiten Gegentor Stille ein. Niemand sagte ein Wort. Marko schmiegte sich an Marion, die neben ihm saß. Er ließ seinen Blick von einer älteren Patientin mit roten Haaren und eingegipstem Knie hin zu Melanies Freund, von seiner Schwester zu seinem Vater zu seiner Mutter schweifen.

Der Schlusspfiff ertönte und die deutschen Spieler sanken vor Enttäuschung in sich zusammen. Marko beobachtete die vor Freude in die Luft springenden Erwachsenen auf der einen Seite und die am Boden kauernden Männer auf der anderen Seite genau.

Das Leben als Erwachsener ist eben auch nicht einfacher, dachte er sich. Und wenn er es sich recht überlegte, wollte er lieber noch eine Weile Kind bleiben.

Im Fernsehen reichte die dänische Mannschaft den silbernen EM-Pokal von Spieler zu Spieler. Endlich war Marko an der Reihe. In seinem verschwitzten, roten Dänemark-Trikot, umgeben von jubelnden Mitspielern, reckte er den Pokal in den Göteborger Sommerabendhimmel.

Anmerkungen

Dostojewski, Fjodor M. *Schuld und Sühne.* Hermann Röhl (Übers.), Leipzig, Insel-Verlag, 1912

Schnabel, Siegfried. *Mann und Frau intim.* Berlin, VEB Verlag Volk und Gesundheit, 1979

Bez końca (dt. Titel: Ohne Ende). Regie: Krzysztof Kieślowski, Drehbuch: Krzysztof Kieślowski und Krzysztof Piesiewicz. Zespół Filmowy Tor, 1985

Danksagung

Mein Dank gilt zuallererst Nicole Kellerhals, Merle Kröger, Eva von Schirach, Sandra Flachmann und Erek Kühn, sowie Viola Gabrielli, Margret Albers, Thomas Hailer, Greg Childs und der Akademie für Kindermedien in Erfurt, in dessen Umfeld ich *Ostkind* (weiter-)entwickeln konnte.

Ich danke des weiteren Eike Goreczka, Christine Haupt, Sophie Weigand, Katja Schiller, Steffi Braun und Joachim Blobel, sowie natürlich Günther Butkus, Uta Zeißler, Lea Dunkel und dem gesamten Team des Pendragon Verlages.

Zudem möchte ich die Möglichkeit nutzen, an dieser Stelle weiteren für mich wichtigen Menschen der vergangenen Jahre herzlichst zu danken (in alphabetische Reihenfolge):

Alina Abdullayeva, Ketunya Asasu, Zsuzsanna Bayer, Kathi Bildhauer, Tim Bosse, Gabriele Brunnenmeyer, Dina Duma, Ulrich Frye, Gyula Gazdag, Alexander Haßkerl, Georg Isenmann, Pavel Jech, Aikaterini Karagianni, Hakan Karagür, Gábor Krigler, Christoph Kukula, Pavel Marek, Dana Messerschmidt, Christiane Möller, Florent Ruiz, Sarah Ruiz Weger, Andrés Salaberri, Aline Schmid, Manfred Schmidt, Maria Seidel, Peter Stamm, Pascal Trächslin, Ivo Trajkov, Fien Troch, Sila Ünlü, Anita Voorham, Yuho Yamashita, Jacqueline Zünd und allen, die ich vergessen habe, sorry.

Vor allem aber möchte ich mich von ganzem Herzen bei meiner Familie bedanken – bei meinen Eltern und meiner Schwester – die mich immer unterstützt haben und für mich da waren (und sind!). Danke!

Arne Kohlweyer wurde in Wolgast geboren und wuchs in Berlin-Hohenschönhausen auf. 2008 schloss er sein Studium der Filmregie an der FAMU in Prag ab. Er hat mehrere Kurzfilme realisiert, zuletzt „Drübenland“ (u. a. ausgezeichnet als „Best EU Short Film“ beim Flickerfest in Sydney). Zudem führte Arne Kohlweyer Regie bei TV-Auftragsproduktionen für das deutsche Fernsehen und wurde 2017 als Autor und Regisseur für den „Grimme-Preis“ nominiert. Er schreibt Drehbücher für Kinospielfilme und Serien. „Ostkind“ ist sein Romandebüt.

Die Handlung ist frei erfunden. Jede Ähnlichkeit mit lebenden oder toten Personen ist rein zufällig und nicht beabsichtigt.

Pendragon Verlag
gegründet 1981
www.pendragon.de

Veröffentlicht im Pendragon Verlag
Günther Butkus, Bielefeld 2024

Lektorat: Günther Butkus, Lea Dunkel
Herstellung: Uta Zeißler, Bielefeld
Illustration: Lea Dunkel
Satz: Pendragon Verlag auf Macintosh
Gesetzt aus der Adobe Garamond
ISBN 978-3-86532-878-6
Gedruckt in Deutschland